Sammlung Luchterhand 306

Helga M. Novak
Palisaden
Erzählungen
1967–1975

Luchterhand

Sammlung Luchterhand, April 1980
Lektorat: Klaus Roehler

Gesamtherstellung bei der
Druck- und Verlags-Gesellschaft mbH, Darmstadt
ISBN 3-472-61306-8

Inhalt

Das Gefrierhaus

Arbeitnehmer – Arbeitgeber

Dem das Gefrierhaus gehört, der nimmt meine Arbeit. Er nimmt sie mir ab.
Ich, da mir nichts gehört, gebe ihm meine Arbeit. ER ist der Arbeitnehmer. Der ArbeitGEBER bin ich.
Arbeitnehmer und Arbeitgeber – an seinem lodengrünen Tisch begegnen wir uns mit vertauschten Namen und taxieren einander.

Der Filetiertisch

Montag
Die Platte ist fingerdick und aus durchsichtigem Kunststoff. Sie ist groß, rechteckig. Sie liegt auf einem eisernen Gestell. Die Platte liegt lose auf. Sie ist schwer.
Unter der Platte, die Längsseiten entlang, hängen in dem Gestell zwei Glaskästen, in denen je eine Neonröhre brennt. Die Platte erscheint dreigeteilt. Ein langes Drittel ist grellgelb, die Mitte weiß und matt, die gegenüberliegende Seite ist wieder gelb.
Die Platte ist trocken. Die Glaskästen, das Eisengestell sind trocken. Über die Platte flieht beißender Äther und zieht Tränen aus den Augen.

Dienstag
Die wachsfarbene Platte ist trocken. Sie ist befleckt. Die Glaskästen sind feucht, beschlagen. Die zerquetschten Trop-

fen zwischen ihren Deckelscheiben und der Platte sehen aus wie Amöben unter dem Mikroskop.
Die Platte ist naß. Auf dem dunkleren Mittelstreifen bilden sich Pfützen zu einem langen See.

Mittwoch
Die Platte ist hart. Über den belichteten Rechtecken ist sie zerkratzt.
Fischhaut, Schuppen, Flossenteile kleben auf der Platte, dem Gestell. Schwere Tropfen rinnen die eisernen Stangen hinab. Sie laufen unten zusammen und bleiben auf dem Boden stehen. Tropfen fallen von den Glaskästen.
Die Platte ist weich. Sie ist grau und verschmiert. Unter der Platte und über der Platte riecht es faul.

Donnerstag
Die Platte riecht wie ein voller Kühlschrank – offengelassen im Sommer. Die Kästen scheinen jetzt aus Rillenglas zu sein. Die Eisenbeine sind schleimig und rauh.

Freitag
Die reine, weiße, mattglänzende Kunststoffplatte lehnt an dem Gestell. Die Glaskästen sind offen und voll Seifenlauge. Die Neonröhren liegen in einem Korb und laufen ab. Naß und schwarz sind die Eisenbeine. Sie riechen nach Lux.
Die Wände und Böden der Glaskästen sind trocken und blinken. Die Neonröhren sind eingelassen. Sie sind dunkel. Die Deckel sind aufgelegt und werfen Gesichter zurück.
Poliert liegt die Platte auf dem Gestell. Sie ist kalt. Sie ist hart.
Die Eisenteile sind trocken. Rostfladen tauchen auf.

Sonnabend
Der Tisch wird mit Salmiak besprüht. Der Dunst macht die Augen feucht.

Die Gefrierpfanne

Sie ist hellgrau und aus Zink.
Sie ist fünfmalfünf Ellen groß und für einen Mann zu schwer.
Kommt sie aus der Frostkammer, raucht sie und hat eine Rinde aus hartem Schnee. Sie klebt an der Hand und nimmt Haut mit. Ich bepacke sie mit Kartons voll Fisch.

Die Heringstonne

Sie ist schwer und voll Hering in Salzwasser. Die Nähte zwischen den Dauben sind naß. Sie sind dunkel wie die beiden eisernen Ringe. Ich ziehe den Stopfen heraus. Aus dem Loch sprudelt Beize, quillt Öl. Ich pumpe frisches Wasser in die Tonne.
Bei den neuen, im Hof gestapelten Tonnen riecht es nach Wald, nach aufgeschnittenen Bäumen. Es riecht nach Nadeln, Moos, Beeren.
Die Tonnen kommen mit dem Schiff aus Norwegen. Zerspringen die oberen Reifen, sehen sie aus wie offene Hände mit krummen Fingern. Diese Sterne und einzelne Strahlen, Ringe und Bandeisen werfe ich in den Schuppen.

Hering packen

Der Hering ist geköpft und entgrätet. Die Filets sind so groß wie ein Gesicht, doch zusammengeklappt. Ich biege sie auf, ich drücke sie platt, ich packe sie ein. Die silberblauen Rücken gehören nach unten. Das hellbraune Fleisch ist oben.
Ich packe den Hering in Kartons – zwei Ellen lang, eine Elle

breit. Ich wiege ihn ab. Zehn Kilo faßt ein Paket.
Fischöl, von der Farbe alten Goldes, sammelt sich auf dem Tisch. Gelbe Flecken auf dem Rücken des Herings, sie blenden. Sie stechen in die Augen.
Die Zeit vergeht nicht.
Draußen ist Sturm.
Hering aufbiegen, plattdrücken, einpacken, abwiegen. Meine Unterarme sind mit glitzernden Schuppen übersät. Sie kleben wie Tesafilm und hinterlassen kleine Kreise.
Denkt man nicht an die Uhr, geht die Zeit vorbei.
Der Sturm schreit, jammert, pfeift. Er nimmt die Fensterkreuze ab und trennt das Haus auf. Die Felswand gegenüber der Bucht ist verschleiert. Ich möchte in der Sonne sein.

Die Gummihandschuhe

Sie sind blau, orange, gelb.
Alle Finger sind steif. Sie stehen voneinander ab. Die Innenflächen sind gekräuselt, damit die Fische nicht wegrutschen. Die langen Stulpen sind gerillt. In den Gummi sind Rillen gepreßt.
Bevor ich die Handschuhe anziehe, schütte ich Puder hinein. Er soll den Schweiß aufsaugen. In Berührung mit dem gefrorenen Fisch werden die Gummihandschuhe kleiner. Sie kneifen.

Das Fischfilet

1
Es kommt unter anderen in einer Stahlwanne auf dem Fließband an. Es kommt in einer Zehnkilowanne und schwimmt im eigenen Saft.

Dort, wo Schuppen auf der Haut saßen, als zwei Filets noch einem Fisch gehörten, ist jetzt eine durchsichtige Pelle – wie zwischen Ei und Schale.
Die Filetiermaschine hat den Fisch halbiert. Sie hat ihn aufgeschnitten und die Mittelgräte herausgelöst. Eine Kette aus Reibeisen hat ihm die Schuppen abgerieben. Sie ist ihm gegen den Strich gegangen.

2
Es ist handtellergroß. Es ist doppelhandgroß und schwammig.
Es zerfällt in Blätter, von einer roten Sehne zusammengehalten.
Runde, konvexe Scheiben aus Fischfleisch. Dicke Blätter fallen ab.

3
Sein Geruch erinnert an Solbäder, an die Schubladen der Drogerien, in denen Heilerde liegt.

4
Es ist naß. Es ist armlang und wiegt einen Hammelkopf auf.
Ich schneide die Blutgerinnsel und die Würmer heraus, begradige es, wo das Fleisch ausfranst.
Die Schneide meines Messers ist dreifingerlang und einen halben Finger breit. Sie sieht aus wie eine gewalzte Stricknadel und rostet nicht. Ich löse mit einem Schnitt Hecken aus Fett vom Rand ab.

5
Es ist an einem Ende spitz, am anderen breiter, dicker. Es ist eingebuchtet, wo der Fisch Kiemen hatte. Es ist kein Fisch. Es hat keine Schnute, weder Schuppen noch Gräten. Es ist frei von Innereien.
Haushalte führen manchmal Puddingformen, die einen Fisch darstellen. Das Filet stellt keinen Fisch mehr dar. Es ist

immer dieses triefendnasse, saftablassende, lange matschige Stück blassen Fleisches. Es soll gegessen werden.

Hummer brechen

Ich breche den Hummer hinter dem zweiten Panzerring. Ich drücke das Fleisch vom Schwanz her aus dem beweglichen Rohr. Mit einem kleinen Messer, dessen Schneide nageldünn und fingerlang ist, kratze ich Sand ab und löse den braunen Mittelfaden heraus, den Darm.
Der geschälte Hummerschwanz ist weiß, mit einer rosanen Pelle überzogen. Er ist seidig, schlaff. Ich spüle den Hummerschwanz und lege ihn zum Abtropfen in ein Sieb.
Manchmal ist unter dem Bauch aus Pergament dunkelgrüner Rogen, ein Löffel voll grüner Rogen.
Die Schale des Schwanzes ist rot, orange oder zitronenfarben. Am Ende ist sie ein Fächer aus fünf behaarten Blättern.
Die leeren Schalen in der Wanne rascheln wie Stroh.

Durchzug

In der Halle riecht es nach Salmiak. Letzte Nacht sind zwei Gallonen mit Salmiak gesprungen. Die Fenster sind offen.
Ich sehe, wenn ich aus dem Fenster blicke, Dächer – rote, grüne, silbergraue Dächer aus Wellblech. Hinter den Dächern steigt eine Felswand auf. Vögel wimmeln auf ihren Vorsprüngen.
Es fliegen keine Vögel um das Haus. Die Fenster sind offen.
Es zieht durch.

Das Licht

Es macht Gegenstände sichtbar.
Es kommt in einem Draht ins Haus. Es fällt aus einer gläsernen Kugel, weiß und weich wie Milch. Es fließt. Ich kann es nicht anfassen.
Bei Sturm verlischt es.
Der Draht ist mit Salz umwickelt. Salz haftet an der Leitung und überzieht sie mit einer harten Schale. Es schluckt die fließenden Teile des Lichtes, aus denen das Licht besteht. Der Draht ist steif und funkelt. Er durchschneidet die Luft. Bevor das Licht ausgeht, zucken Blitze aus den Porzellanköpfen, die den Draht an Pfählen festhalten.
Bei Sturm ist es dunkel im Haus.

Der Schlafsaal

An seinen Wänden stehen Doppelstockbetten. Seine Tische sind mit glühenden Nägeln beschrieben. The Beatles. Auf dem Spiegel über dem Waschbecken sind Finger abgedrückt. An die Schranktüren sind ausgeschnittene Bilder geheftet von langhaarigen Knaben.
Sonntags liegt in jedem Bett ein Paar.

Das Wasser

Es gibt auf der Insel keine Brunnen.
Wir leben von Regenwasser. Wir lassen es aus den Dachrinnen in große Kessel laufen. Wir sammeln es im Keller.
Das Wasser riecht wie alte Blumensträuße. Es ist lauwarm und gelb. An stürmischen Tagen schmeckt es nach Salz.

Der Rabe

Er hockt auf dem Zaunpfahl und knarrt.
Er hat die Beine angezogen und sieht aus wie eine umgekippte Flasche. Er ist schwarz, ist blau, leuchtet wie Tinte.
Er knarrt.
Kinder, die sich im Schnee verlaufen, lockt er nach Hause, indem er sich verstellt. Er gebärdet sich flügellahm. Die Töne, die er anschlägt, sind sehr hoch.
Auf jedem Pfahl kauert ein Rabe. Sie fliegen in Paaren auf, kreisen paarweise. Ein Paar begleitet mich auf dem Weg zur Lagune.

Die südliche Bucht

Sie ist ein grünes, schaumiges Tablett, wenn die gebrochenen Wellen einströmen, ein Steinfeld, wenn sie abziehen.
Sie ist zwischen Lavahalden ein flacher Teller, die Seite zum Meer hin ist abgeschlagen und führt in die Tiefe. Ein Bruch unter Wasser zerschlägt die Wogen.
Die Bucht ist knietief.
Die südliche Bucht hat drei Wände aus Schotter und eine Wand aus sprühendem Wasser – das ist die Brandung.

Der Vogel Lündi

Er ist eßbar.
Dem Schnabel – gestreift wie ein Zebra – gehört ein Drittel des Kopfes. Der Bauch des Vogels ist weiß. Der Vogel hat einen schwarzen Rücken, schwarze Flügel, einen schwarzen Hals. Doch sein Bauch ist weiß.
Der Köcher, mit dem ich den Vogel fange, ist eine Gabel aus

Holz und mannslang. Zwischen den beiden Zinken hängt das Netz, in dem sich der Vogel verwickelt.
Ich fange ihn nicht bei Windstille. Ich fange ihn nicht bei Sturm. An Regentagen am Abend geht er ins Netz. Er fliegt in der Dämmerung. Er bevorzugt Schatten. Ich stelle den Köcher in seine Flugbahn, dann töte ich ihn und binde ihn an meinen Gürtel.
Gerupft, gedreht in Salz und Gewürzen, schmeckt er, wenn er lange in Essig lag.

Der Obsidian

Er ist schwarz. Er sieht aus wie Glas.
Er ist ein Stein, undurchsichtig und gläsern. Er fließt aus Vulkanen, die das Eis durchbrechen. Ich finde ihn am Fuß der Gletscher.
Der Obsidian ist ein schwarzer Strom, der erkaltet, hart wird, platzt. Der Grus, der ihn geschliffen hat, ist verflogen.
Ich wasche die Steine und trockne sie ab. Die nußgroßen Körner klappern.

Die Tuffbreksie

Sie ist ein Gebäck aus Sand.
Schwarze und graue Splitter in zusammengeballter Asche.
Steine – eingebettet in rostroten Staub.

Der Möwenfriedhof

Die steilabfallende Wand hat einen Treppenabsatz, einen Balkon ohne Gitter, waagerecht, mit Salz und Wind gescheuert und in der Mitte ausgehöhlt. In der Wanne ist tangfarbene Grütze. Von oben sieht diese Stufe über dem Wasser grün aus.

Auf einem Steg – schmal wie ein Handgelenk – bewegen sich kranke Möwen. Der Steg ist so schmal, daß sie nicht umkehren können. Sie gehen auf die steinerne Wanne zu. Sie gehen freiwillig.

Die Wanne liegt im Schatten, über Ebbe und Flut. Die Möwen auf dem Grat rutschen, schleifen, schrammen, schlittern, torkeln. Eine von ihnen liegt auf dem Bauch und stößt sich mit den Füßen ab. Keine fällt herunter.

Sie sitzen am Rand der überfüllten Kuhle. Sie wiegen sich. Sie neigen sich vornüber. Die grüne Decke zuckt und schlägt Blasen. Sterbende Möwen sinken langsam.

In der Wanne, in der Grütze verwesen ihre eisweißen Flügel, ihre Stirnen, Augen, Schnäbel. Ihre Füße werden lang und zerfallen.

Die lebenden Möwen fliegen um den Berg. Sie quietschen wie ungeölte Türen.

1967

Teppichweberei

Herr Schelsky – ein Weber

Herr Schelsky sagt, ich kann gut schießen, aber ich bin Kavalier. Er trägt Galoschen.
Herr Schelsky spricht gebrochen italienisch, gebrochen deutsch, gebrochen englisch. Er sagt, ich komme vom Balkan. Ich frage ihn nach seinem Vaterland, seiner Muttersprache. Er sagt, ich bin Vollwaise.
Herr Schelsky ist pockennarbig. Er hat ein breites flaches Gesicht und schwarze Haare. Die Haare sind gegen den Strich gekämmt und stehen als lackschwarzer Strauß vom Wirbel ab. Ich besuche Herrn Schelsky in seinem Zimmer. Ich sage, haben Sie etwas zu lesen. Er sagt, ich bin hocherfreut.
An der Wand seines Zimmers hängt das Playgirl of the month November. Herr Schelsky näht. Er näht sich Latzhosen aus Drillich. Er sagt, genieren Sie sich nicht, suchen Sie sich etwas zu lesen aus. Er hat Romane von Bastei, »Die Welt«, den »Spiegel«, Cicero »Der Redner«. Ich nehme den Spiegel, Rettung durch neuen Kurs. Die Flagge Englands als Focksegel, Wilson als Gallionsfigur.
Ich sage, wenn ich nichts zu lesen habe, werde ich verrückt.
Er sagt, ich habe es auch satt.
Ich sage, satt nicht. Verrückt.
Er sagt, kein Kino. Rein gar nichts.
Ich sage, wenn wenigstens ein Bus fahren würde.
Er sagt, ein Europäer bleibt immer ein Europäer.
Ich sage, hier ist auch Europa.
Er sagt, nicht doch.
Ich sage, doch, doch.

Er sagt, und die Verpflegung. Auf dem Essen sind Fischaugen anstelle von Fettaugen.
Er beißt den Faden ab und sagt, was habe ich hier verloren. Es müßte ein Sinn dahinterstecken. Wer oder was bin ich. Seit zehn Jahren ziehe ich umher. Ich webe hier. Ich webe da. Am besten aufgehoben ist man bei den Soldaten oder in der Schweiz.
Ich frage, in der Schweiz, als Weber?
Er sagt, nein, als politischer Flüchtling.
Ich sage, da müßte Ihnen schon jemand etwas getan haben.
Er sagt, ist das hier nichts.
Ich frage, wird hier nach dem Streichgarn- oder nach dem Kammgarnverfahren gearbeitet?
Er sagt, hier wird nach dem Streichgarnverfahren gearbeitet. Um Kammgarn zu gewinnen, wird die Wolle ganz anders vorbereitet. Sie wird gekämmt. Hier aber nehmen sie Krempelmaschinen, anschließend das Ringspinnverfahren. Bei uns hat das Garn beim Spinnen eine Verzugspanne von, sagen wir, drei Ellen. Da wird das Garn gleichmäßiger, die Stärke meine ich. Hier ist die Verzugspanne ungefähr eine Elle, nämlich die Spindelhöhe. Das ist nicht genug. Der Fachmann sieht das sofort, wenn er den Faden gegen das Licht hält. Einmal ist er dünner, einmal ist er dicker. Überhaupt die Unregelmäßigkeiten. Nehmen wir Teppichwolle. Wird der Faden dünner, und er wird es manchmal um ein bis zwei Grad, so ergibt das im Teppich leichte Streifen. Mit jedem Schuß setzt die Lade dem Gewebe soundsoviel zu. Daran ist nichts zu ändern. Der Laie braucht etwas, worauf er treten kann. Der Fachmann sieht die Streifen. Am Baum hängt Hanf. Ja. Die Kette ist aus Hanf.
Ich stehe auf. Ich gehe zur Tür.
Herr Schelsky steht auf. Er duckt sich. Er sagt, dabei ist man schon viel weiter. Es liegen Berichte vor von Versuchen, frei durch die Luft zu schießen.

Der Organist

Seine Aufgabe besteht darin, der Wolle Öl zuzusetzen, bevor sie in die Trockenkammer kommt. Er nimmt seine Arbeit auf die leichte Schulter. Er unterhält sich mit den Kollegen. Er schwatzt bei jeder Gelegenheit.
Sein Haar ist gescheitelt. Es ist glatt und mit Wasser gekämmt. Es riecht nach Pomade. Das Wasser oder die Pomade haben das Haar gesträhnt. Er sagt, ich bin zweiundfünfzig. So lange war ich Organist, jetzt brauche ich eine Frau. Er schnaubt in sein Taschentuch. Frieda schlägt mit ihren flachen Händen auf den Tisch und lacht.
Der Organist schlingt. Er kaut nicht. Er schluckt halbe Kartoffeln. Er verschluckt Mohrrüben. Er nimmt den Mund voll und schluckt.
Er geht zur Anrichte. Er klappert mit den Tassen. Er sagt, ich stoße immer sauer auf. Er gießt sich Joghurt in eine Tasse. Er rührt mit einem Eßlöffel in der Tasse herum, bis das Joghurt überläuft. Er trinkt. Seine Hände zittern. Seine Finger sind gebogen, knotig. Er plempert.
Jonina und Frieda trinken Kaffee. Er sagt, Jonina, könntest du mir noch einmal deine Rheumasalbe borgen? Jonina rümpft die Nase und sieht sich schnell nach allen Seiten um. Sie sagt, Rheumasalbe. Wenn ich wüßte, wo sie ist. Ich benutze sie eigentlich nicht. Er sagt, es ist das jahrelange Spielen in kalten Kirchen. Jonina kichert. Sie sagt, du hättest deine Finger in wärmeren Ecken spielen lassen sollen. Er sagt, deshalb bin ich hier. Jonina schürzt die Lippen. Sie zieht Luft durch ihre hocherhobene Nase ein und sagt, deine Uhr scheint allerhand nachzugehen. Frieda lacht. Sie ruft, ha, ha, du alter Gockel. Der Organist sagt, das sage ich dem Chef. Frieda lacht weiter. Der Organist geht ans Telefon. Er wählt. Er wartet. Er lauscht. Er hängt auf. Er droht Frieda mit dem Zeigefinger und sagt, paß auf, morgen wirst du geimpft.
Der Organist friert. Er sagt, es ist so kalt hier. Er geht zur

Köchin und sagt, es ist so kalt hier. Er tritt an das spaltbreit geöffnete Fenster und rüttelt daran. Das Fenster ist festgefroren. Er steckt sein Taschentuch in den Spalt. Das Taschentuch weht. Es fliegt davon. Der Organist stöhnt. Er sagt, es ist so kalt hier.
Am Sonntag ist sein Haar gewellt. Es glänzt. Er geht auf Socken. Er hinterläßt nasse Spuren. Der Organist riecht nach Pomade und Wolle. Jonina sagt, wo kann denn meine Brennschere hingekommen sein. Der Organist fährt sich verlegen über den Kopf.
Er sitzt in der Kantine. Der Organist verbringt den Sonntag in der Kantine.

Jonina – die Gütekontrolleurin

Jonina hat wochentags eine Schere um den Hals hängen. Sie schneidet die herausstehenden Fussel und Maschen aus dem Teppichflor. Jonina sagt, ich bin eigentlich Französin. Ich stamme aus Duncan.
Duncan liegt in Jamaika. Jonina spricht nicht französisch. Wer weiß, ob es in Frankreich eine Stadt namens Duncan gibt.
Jonina ist klein, dick und trippelt. Sie trippelt durchs Werk. Sie trippelt durch die Kantine. Sie trippelt hin und her, treppauf, treppab.
Ihr stahlgraues Haar trägt sie hochgesteckt. Sie hält es auf dem Kopf mit Nadeln, Klemmen, Spangen und Kämmchen zusammen. Die Kämmchen sind mit Glasperlen verziert. Der Werkstudent sagt, die sich derart viel Nadeln in den Kopf stecken, wollen herrschen. Jonina trägt Ohrringe.
Zur Arbeit trägt Jonina weite Seidenkittel mit roten, grünen, türkischen Mustern. Fischblasenornamente. Die Kittel leuchten, glänzen, rutschen. Sie sind immer in Bewegung.

Jonina trägt weiße Stretchsöckchen und sandfarbene Pumps.

Jonina ruft Vergleiche hervor. Wochentags sieht sie aus wie in polnischen Filmen die heruntergekommene Gräfin. Sonntags ist sie ein Bojar aus »Boris Godunow«. Sonntags hat sie eine hohe Fellmütze auf und einen Pelzmantel an, der ihr bis zu den Knöcheln reicht.

Jonina läuft dem Schotten nach. Der Schotte spricht nicht mit ihr. Sie sagt, du lachst wohl nur am Zahltag. Der Schotte trinkt. Er lacht auch nicht am Zahltag. Er trinkt nicht mit Jonina.

Sonnabends, wenn die Mädchen tanzen gehen, sagt Jonina, ach, euer Gehampel. Wo sind unsere schönen Potpourris geblieben. Niemand weiß mehr, was ein Schieber ist. Das Wort »Abklatschwalzer« zum Beispiel existiert gar nicht mehr.

Sonntags fährt Jonina in die Stadt. Sie steigt in einem teuren Hotel ab. Sie trinkt Whisky und spendiert Lagen.

An ihren Feierabenden stickt Jonina Kissenplatten. Sie verwendet seidenes Perlgarn. Ihre Motive sind: ein Kind in einer Schubkarre, ein Kind unter einem Baum, ein Kind auf einem Baum, ein Kind einen Ball werfend, ein Kind auf einem Ball sitzend. Jonina zeigt ihre Handarbeiten in der Kantine. Die Kissenplatten sind in Pastellfarben gehalten.

Der Schotte wirft nasse Teabags auf den Tisch der Mädchen. Jonina zieht die Augenbrauen zusammen und sagt, pfui, du solltest dich schämen, so mit dem Essen umzugehen. Sie trippelt auf ihn zu.

Die Versandabteilung

I

Die Versandabteilung ist in der früheren Schwimmhalle untergebracht. Das Bassin ist porös. Über dem Bassin liegen

Dielenbretter. Die Dielen knarren. Die Versandabteilung ist gekachelt.
In der Mitte steht ein großer runder Tisch. Der Tisch dreht sich. Er dreht sich langsam. Um den Tisch stehen kleine Arbeitstische. Sie stehen strahlenförmig von ihm ab. Sie sind jeder mit einem eisernen Arm versehen, der zu einem Haken ausschwingt. Die Haken sind stumpf. Sie schwingen nach oben aus.
Wir sitzen an den Arbeitstischen und drehen Haspeln zu Docken. Wir legen die Docken auf den großen Tisch in der Mitte.
Wir werfen die losen, von der Spindel abgenommenen Lagen oder Haspeln über den Eisenarm. Wir strecken die Haspeln und ziehen sie straff in den Haken. Wir verdrehen die beiden Enden miteinander, ziehen die Bauchbinde über den dicken doppelspannlangen Strang und nehmen die fertige Docke ab. Auf den Bauchbinden aus Plastik steht: Long Hair Wool »Lopi«, moth proved by EULAN, 100 gr. Die Packer packen die Docken in Kartons. Ein Karton faßt fünfzehn Kilogramm Wolle.
In der Versandabteilung werden auch die von Heimarbeiterinnen gestrickten Pullover und Kleider verpackt.

2

Über dem Ausgang hängt ein Lautsprecher. Aus dem Sekretariat wird Musik übertragen. Der Lautsprecher läßt sich nicht abstellen. Das Radio im Sekretariat ist immer angestellt. Wir hören leichte Musik. Kammerkonzerte werden im Sekretariat abgedreht.
Inge bringt ihren Transistor mit. Sie stellt ihn auf ihren Arbeitstisch. Sie sagt, was die dort oben bringen, ist langweilig. Sie fängt den amerikanischen Soldatensender ein. Sie dreht voll auf.
Gerda sagt, das geht zu weit, mach den Kasten aus.
Inge sagt, du bist wohl gegen die Amerikaner. Gerda sagt, nein, ja, das heißt nein, aber zwei verschiedene Sender auf

einmal, das ist mir zuviel. Inge sagt, wenn du nicht gegen die Amerikaner bist, ist es ja gut.
Gerda sagt, der Lautsprecher ist doch an. Hörst du das nicht?
Gerda singt laut mit dem Lautsprecher mit, Ach du geliebtes kleines süßes Chinagirl.
Inge sagt, jetzt verstehe ich, du bist für die Chinesen.
Inge singt laut hinter Frank Sinatra her, Strangers in the night.
Der Lautsprecher überträgt, Steht ein Soldat am Wolgastrand. Gerda singt tief: Hält Wache für sein Vaterland.
Inge sagt, na lieber tot als rot.
Gerda sagt, der Dreck hier hat dich bald.

3

Durch die Luft wirbeln Staub, Haare, Flocken, Fasern, Noppen. Die Luft schmeckt ölig, sandig. Sie ist heiß. Wir atmen kurz. Wir husten. Feine graue Fasern hängen in den Augenbrauen, in den Wimpern. Die Lidränder sind rot. Trockener Flaum bedeckt Stirn, Backenknochen und Kinn. Das Haar scheint gepudert. Die Mundwinkel sind rissig. Eingeatmete Wolle macht die Mundhöhle trocken. Sie entwickelt am Gaumen einen bitteren Geschmack. Wolle schmeckt bitter.
In der Kabine des Abteilungsleiters darf geraucht werden. Geht er in das Sekretariat, rauchen wir an unseren Tischen. Die Zigaretten, die wir uns anzünden, schmecken nach versengtem Horn.

4

Der Abteilungsleiter ist Spezialist für Plastikverpackungen. Er schweißt die Plastikbeutel zu, in denen die Pullover verschickt werden. Er spricht selten. Er treibt nicht an. Er fährt die Säcke voll Haspeln auf einer Karre herein. Er geht aufrecht. Sein Haar ist bernsteinfarben. Die Brauen, die Wimpern sind heller, bei elektrischem Licht kaum zu sehen.

Seine Wangen sind rot. Seine Lippen sind schmal und rot. Er preßt sie aufeinander. Der Abteilungsleiter heißt Siegfried.
Manfred sagt, was ist am Ersten, treten wir in Streik oder nicht?
Siegfried sagt, man hofft, daß aus dem Streik nichts wird.
Manfred sagt, wer hofft das?
Siegfried blinzelt. Er geht hinaus.
Er karrt einen doppelzentnerschweren Wollsack herein. Der Sack ist höher und breiter als Siegfried. Siegfried ist nicht zu sehen.
Draußen regnet es verbranntes Papier. Dünne, schwarze Blättchen flattern am Fenster vorüber.
Inge ruft, es brennt. Was brennt denn da?
Gerda sagt, der Chef verbrennt sein Geld, weil es nächste Woche abgewertet wird.
Manfred sagt, der verbrennt nicht sein Geld, sondern seine Wechsel. Indem sie uns den Lohn entwerten, erlassen sie ihm seine Schulden.
Siegfried blinzelt. Er geht in seine Kabine.

Stella und der Werkstudent

Draußen liegt hoher Schnee. Der Schnee glitzert. Es ist windstill, kalt.
Der Werkstudent ist neu. Er sitzt in der Kantine neben Stella. Stella sagt, bei dir zu Hause ist es sicher wärmer. Er sagt, das kommt darauf an. Ich bin Chilene.
Der Werkstudent ist mittelgroß. Er trägt einen langen dicken Wintermantel aus Tuch. Er hat ein rundes weiches Gesicht. Seine Augen sind dunkelbraun. Das Haar ist schwarz. Seine schwarzen Wimpern sind nicht aufwärts geschwungen, sie hängen wie Stores vor den Augen.
Stella sagt, Chile. Wie ist es dort.
Er sagt, bei uns herrscht Demokratie. Wir putschen nicht.

Wir arbeiten.
Stella sagt, und die Indianer, arbeiten sie auch?
Er sagt, wir haben kein Indianerproblem. Wir haben ein Spanierproblem.
Stella sagt, was bist du denn?
Er sagt, ich bin Baske. Die Basken sind immer Republikaner gewesen.
Stella sagt, wo kommen die Basken überhaupt her?
Er sagt, das weiß niemand.
Stella sagt, ist die Sprache nicht kaukasisch?
Er sagt, ich bin Philologe, und ich sage dir, niemand weiß, wo sie herkommen. Auf alle Fälle sind sie schon vor den Spaniern dagewesen.
Stella sagt, aber nicht in Chile.
Er sagt, trotzdem haben wir Chile in die Hand genommen. Wir sind Republikaner.
Stella sagt, dagegen habe ich nichts gesagt.
Er sagt, sieh dir Peru an. Die Spanier besitzen alles und sind faul. Die Neger sind fleißig. Die Indianer haben nichts und sind am faulsten. Sie kauen den ganzen Tag Coca. Sie hocken im Rinnstein und kauen Coca.
Stella sagt, in Peru haben sie wenigstens Indianer, aber ihr.
Er sagt, doch, wir haben auch Indianer. Aber die sterben aus. Im Süden sind noch Indianer, aber sie sterben zu Hunderten.
Stella sagt, das ist dann eure Schuld.
Er sagt, nein. Es ist die Schuld der Spanier. Die Indianer hatten früher keine Kleider. Die Spanier haben ihnen Kleider gegeben. Jetzt sterben sie.
Stella sagt, vielleicht sterben sie, weil man ihnen unbekannte Krankheiten angehängt hat.
Er sagt, stimmt. Zum Beispiel Bronchitis. Sie waren es nicht gewohnt, in Kleidern zu gehen und zu schwitzen.
Stella sagt, und nun, was ist nun?
Er sagt, na sie sterben aus. Epidemien. Keine Ärzte. Sie sterben.

Stella sagt, da ist doch die Regierung verantwortlich.
Er sagt, die Regierung schickt Leute hin. Anthropologen. Sie läßt dort Sprache und Sitten studieren, sonst geht die Kultur verloren.
Stella sagt, ihr hattet Gabriela Mistral.
Er sagt, das ist gar nichts. Wir haben Pablo Neruda. Und wir sind sehr erstaunt, daß wir den Nobelpreis nicht gekriegt haben.
Stella sagt, Neruda mußte einmal emigrieren, weil ihr die KP verboten hattet.
Er sagt, sie ist wieder erlaubt. Dieselbe Regierung hat sie wieder erlaubt.
Stella sagt, was liest du sonst noch.
Er sagt, Lorca ist der Beste. Alberti stagniert. Eluard ist besser als Perse. Perse, den kennt ja niemand.
Stella sagt, und Musik?
Er sagt, moderne Musik, ja. Aber nicht zu modern.
Stella sagt, ich sehe, du bist Sozialdemokrat. Alles halb.
Er sagt, was bist du denn?
Sie sagt, Kommunist.
Er sagt, deshalb arbeitest du wohl hier?
Sie sagt, was machst du denn? Studierst du immer?
Er sagt, ich studiere immer. Philologie. Anthropologie. Psychologie.
Sie sagt, aber jetzt hast du kein Geld.
Er sagt, nein, ich habe kein Geld. Ich bin Student. Woher soll ich Geld haben.
Sie sagt, rege dich nicht auf. Wer verlangt denn von dir, daß du Geld hast? Es ist doch keine Schande, hier zu arbeiten.
Er sagt, ich habe noch nie gearbeitet.
Sie sagt, das kann man lernen.
Er sagt, ich vertrage diese Fabrikarbeit nicht. Die Wolle verstopft mir die Lungen. Ich brauche ein gewisses Quantum an Zivilisation.
Sie sagt, entweder hast du Geld oder du hast keins. Da hilft

dir auch die Badewanne zu Hause nicht. Hat dein Vater kein Geld?
Er sagt, mein Vater ist ein kleiner Advokat.
Sie sagt, geh nach Moskau, da bekommst du ein Stipendium.
Er sagt, ich bin kein Kommunist. Ich bin einfach kein Kommunist.
Stella sagt, wenn du eine derartige Angst davor hast, laß es doch.
Der Werkstudent sagt, ich kündige hier sowieso wieder.

Julklapp

Der dreiundzwanzigste Dezember. Es herrscht Glatteis. Die Kantine ist hellerleuchtet. Wir schlittern zur Kantine. Jedes Belegschaftsmitglied wirft vor dem Eingang ein Päckchen in einen großen Sack.
Wir sitzen auf unseren Plätzen. Auf den Tischen liegen bedruckte Wachstuchdecken. In der Mitte jedes Tisches steht eine Torte. Die Torten sind gespritzt. An den Seiten läuft die Sahne herunter. Wir trinken Kaffee und essen die Torten.
Der Chef steckt die elektrischen Lichter am Baum an. In den elektrischen Kerzen flimmert eine violette, phosphoreszierende Flüssigkeit. Die Lichter sehen aus wie umgestülpte Reagenzgläser. Der Chef knipst die Deckenbeleuchtung aus.
Wir singen, Es ist ein Ros entsprungen.
Ein vermummter Bote verteilt die Päckchen. Der Chef schüttelt dem Boten die Hand. Er tätschelt ihm die Wange aus Papier.
In meinem Päckchen sind Nüsse und eine lange rote Schachtel mit Räucherstäbchen. Auf der Schachtel steht in verschnörkelten Buchstaben, die alle am langgezogenen Quer-

strich des kleinen t hängen: Diese Raucherstabe sind aus Krautern, Harzen und verschiedenen Essenzen von Amber, Rosen, Moschus usw. hergestellt und daher unschaetzbare Reiniger und Perfuemierer der Luft in Schlafraumen, Krankenzimmern, Kirchen, Mosscheen, Tempeln, Spitalen, Hallen & anderen ueberfuellten Raumen. GEBRAUCHSANWEISUNG. Das dicke Ende anzuenden, die Flamme ausloeschen und glimmern lassen. Pandit Banarse. Indischer Importer.

Der vermummte Bote nimmt die Maske, die Perücke, den Rock, die Pellerine ab. Es ist Selma, die Raumpflegerin. Sie hat ein ärmelloses Kleid an. Sie hat Oberarme, so schwer, daß sie wie Brüste über die Ellbogen hängen. Als Bote wirkte sie schlanker.

Der Chef sitzt am Tisch der Büroangestellten. Er sagt, Kinder, raucht nicht so viel. Die Luft hier drin ist unerträglich.

Ich verteile die Räucherstäbchen.

Der Chef erhebt sich. Er winkt uns mit der erhobenen Hand zu. Er geht hinaus. Er sieht noch einmal herein. Er sagt zwischen Tür und Angel, jetzt taut es. Und ich hätte euch doch von ganzem Herzen weiße Weihnachten gewünscht.

Herr Jons – der Chef

Herr Jons steht in der Kantine unter dem Bild des Gründers. Sein Gesicht befindet sich auf gleicher Höhe mit dem Zifferblatt der großen Wanduhr. Die Wanduhr hat eine Glastür vor dem Zifferblatt, dem Pendel und den beiden Zapfen. Auf der Glastür steht in goldenen Buchstaben: Pünktlichkeit ist Vertrauenssache.

Herr Jons steht jeden Morgen um sieben Uhr auf. Er sieht uns auf die Finger. Er ist der jüngste Sohn des Gründers. Er hat den Betrieb von seinem älteren Bruder übernommen. Neue Arbeiter stellt er persönlich ein. Er verpflichtet sie auf

ein bis fünf Jahre. Er bevorzugt Ausländer ohne Familie.
Herr Jons sucht uns am Arbeitsplatz auf. Er ist groß und dick. Sein Haar ist gelockt, angegraut. Er trägt einen mit Mink gefütterten Kamelhaarmantel. Er hat eine Pelzmütze auf und einen grauen Anzug an. Seine braunen Schuhe sind spiegelblank.
Herr Jons sagt, schneller arbeiten. Schneller. Nicht dösen. Selten ist der Markt unserer Sockenwolle so zugetan gewesen wie jetzt. Nicht pfuschen, aber schneller arbeiten.
Wer nicht pünktlich erscheint, den geht Herr Jons wecken. Er geht an der Baracke entlang und sieht in jedes Fenster. Er sagt, raus. Dalli, dalli. Er sagt, ach was, du bist nicht krank.
Herr Jons sieht uns in den Hals. Er hat dünne Lippen und eine trockene Haut. Auf dem Kragen und auf den Schultern hat er Schuppen liegen. Er sagt, ich habe trockene Schleimhäute, weil mir bei eurem schleichenden Tempo die Spucke wegbleibt. Er sagt, ich habe schon als Kind arbeiten und gehorchen lernen müssen. Mein Vater war tüchtig und streng.
Herr Jons ist magenkrank.
Herr Jons besucht uns in der Kantine. Er bleibt unter dem kolorierten Foto des Gründers stehen. Der Gründer hat einen Ringeranzug an. Er hält sich gerade. Er hat den gestickten Gürtel des Siegers um. Er wurde der »König der Ringer« genannt.
Herr Jons sagt, das hätte mein Vater sehen sollen, wie ihr eßt. Ich habe mit drei Jahren Messer und Gabel benutzt. Ihr aber kleckert und eßt das Fleisch zuerst.
Sein Bruder errötet.
Der Bruder des Herrn Jons ist älter. Er ißt mit uns zusammen in der Kantine. Er verträgt nur süße Nudelsuppe. Seitdem er rechts gelähmt ist, arbeitet er im Lager und ißt in der Kantine. Er kitzelt die Mädchen unterm Arm. Die Mädchen laufen vor ihm davon.
Früher hat der Bruder den Betrieb geleitet, jetzt ist er Gewerkschaftsfunktionär. Ich sage, darf ich einmal die

Lohntabelle sehen. Er sagt, hier gibt es keine Lohntabelle und streckt die Hand nach mir aus.
Der Bruder schüttelt immerzu den Kopf. Er lächelt vor sich hin. Er geht krumm. Herr Jons beachtet ihn nicht. Herr Jons wird von ihm nicht beachtet.
Herr Jons ist Präsident des Landeshandballvereins. Er besucht entscheidende Spiele im Ausland. In Deutschland findet ein Kampf statt. Herr Jons verbindet den Sport mit seinem Geschäft und kauft in Deutschland eine Spinnmaschine. Die Spinnmaschine ist für die Wolle deutscher Schafe zugeschnitten. Unsere Schafe sind langhaarig, die Wolle ist wenig gekräuselt. Die Maschine ist hier unbrauchbar, aber die deutsche Handballmannschaft schickt Herrn Jons eine Postkarte. Die Postkarte ist eine Fotografie. Sie zeigt die Mannschaft, und zwar mit angekreuzten Köpfen. Hinten auf der Karte steht, Unsere Feldmannschaft nach dem letzten Spiel und Sieg der Feldserie Neunzehnhundertund. Die angekreuzten Spieler erkämpften den Aufstieg in die Hallenliga. Die Karte geht in der Kantine von Hand zu Hand. Herr Jons nimmt sich Brot, Milch und Kartoffeln aus der Kantine mit. Er geht in seine Villa, die auf einem Hügel steht. Sein Haus wird »Grüne Pagode« genannt. Das Dach sieht einem Tannenbaum ähnlich.
Zu Weihnachten schenkt Herr Jons jedem eine Schachtel Konfekt. Er sagt, Kinder, Kinder. Ihr erlaubt es mir selten, gut zu sein.
Weihnachten ist vorbei.
Der Bruder zieht die Uhr auf. Er wischt das Glas mit dem Ärmel sauber.

Herr Julius Jons – der Gründer

Herr Julius Jons, genannt J. J., lebt nicht mehr unter uns. Er ist im Alter von neunzig Jahren und im vollen Besitz seiner

Gesundheit weggegangen. Sein Abgang soll durch ein Mißverständnis hervorgerufen worden sein.
J. J. hatte als Achtzigjähriger im WDA eine Kräutersalbe entwickelt. Die Salbe behütete sowohl Schafe als auch Menschen vor Magerkeit, Husten, Gicht, allgemeiner Schwäche, Krampfadern und Schlaganfall. Die Salbe war äußerlich anzuwenden. Sie hieß »Ewigjung«.
J. J. rieb sich zuerst Gesicht und Hände ein, ging aber mit der Zeit dazu über, seine gesamte Körperoberfläche mit »Ewigjung« zu bestreichen.
Zehn Jahre später legte er schon so dick auf, daß er eines Tages bis zur Unkenntlichkeit verjüngt in einen Mutterleib geschlüpft sein muß. Jedenfalls wurde er nicht mehr gesehen.
Hier folgen einige dem Almanach »Unser Jahrhundert« entnommene Nachrichten über J. J.
Neunzehnhundertund, EINE JUNGE NATION WIRD GEBOREN.
Unbemerkt gelingt es Julius Jons auf dem Friedhof der Stadt Kaufmannshafen die sterblichen Reste des Dichters Paul Pauls zu bergen und sie in ein Vlies genäht in die Heimat zu überführen.
In Kaufmannshafen, der Hauptstadt des Mutterlandes, sind bisher nicht nur 25 000 Romane aus dem Mittelalter, deren Verfasser wir sind, sondern auch die Gebeine unseres großen Romantikers Paul Pauls zurückgehalten worden.
J. J. hat sich für zehn Tage arrestieren lassen müssen; heute liegen die sterblichen Reste des Dichters im Nationalpark aus. Aaben daglig fra kl. 9.00 til solnedgang (dog ikke efter kl. 20.00).
Neunzehnhundertund, UNSERE FAHNE!
J. J. entwirft eine Nationalfahne, läßt sie im WDA weben und hißt sie auf einem Segelboot, mit dem er den vor der Küste liegenden Schiffen des Mutterlandes mutig in die Parade fährt. Neunzehnhundertund, J. J. ZUM KÖNIG DER RINGER ERKOREN.
Im Endkampf um den Königsgürtel der Ringer gelingt es

J. J., seinen Gegnern den Boden unter den Füßen wegzuziehen. Er gewinnt den Titel »König der Ringer« und wird uns auf der nächsten Olympiade vertreten.
Als König der Ringer begegnet uns J. J. heute noch täglich in der Kantine. Er stellt sich im Profil dar, mit hocherhobenem Kopf.
Der Organist zeigt auf das Bild und sagt, ich habe Angst vor seiner Adlernase. Frieda sagt, die Adler sind so gut wie ausgestorben. Das letzte Paar steht unter Naturschutz. Jonina sagt, auf den Galapagos soll es noch Tiere geben, die nurmehr in Büchern leben. Der Organist fragt, Bücherwürmer?

1967

In der Luft hängen

Durchreise

Die Empfangshalle ist aus Marmor. Ihre geviertelte Decke ist mit Vögeln, Blütenzweigen, Pfauen bemalt. Die Pfauen schlagen Rad. Von der Decke sehen leuchtende Pfauenaugen herab.
In die Wände der Halle sind hohe Spiegel eingelassen. Die verschnörkelten Rahmen sind vergoldet. Was die Spiegel zurückwerfen, scheint vergoldet.
Große, aus Zement gegossene Schalen stehen in den Ecken. Sie sind voll Sand. Rosa, hellbraune und weiße Zigarettenfilter ragen aus dem Sand.
In der Wand zur Straße drehen sich Ventilatoren. Dicke graue Staubflocken wehen herein und hinaus.
Der Boden ist mit weinrotem Teppich ausgelegt. Vom Eingang zum Empfangsbord ist der Flor abgetreten. Die Kettfäden aus Hanf schimmern durch.
Das Hotel steht in der Altstadt.
Ein Schwarm älterer Damen betritt die Halle. Sie schwatzen. Sie nicken dem Geschäftsführer zu. Sie lassen sich in der Sitzecke nieder. Sie legen ihre Hüte, ihre Handschuhe auf die Rauchtische und bieten einander Zigaretten an. Sie rauchen. Sie reden schnell durcheinander und lachen hoch.
Eine von ihnen kommt zu mir herüber, bietet mir eine Zigarette an, läßt die Gasflamme steil vor mir aufschießen. Sie trägt zwei Trauringe am rechten Ringfinger. Sie deutet auf die Ringe. Sie setzt sich. Sie sagt, wir sind keine Kinder von Traurigkeit. Sie lächelt. Sie sagt, Sie sind fremd hier. Ich sage, ich bin heute angekommen. Sie sagt, wie gefällt Ihnen unsere Stadt. Ich sage, es ist eine zauberhafte Stadt. Sie sagt,

Sie sind goldig. Die Stadt steht Ihnen. Im Handumdrehen werden Sie hier heimisch sein. Es zu etwas bringen. Ich sage, ich bin allerdings nur. Sie sagt, einsam. Doch nirgends werden Sie in kurzer Zeit so viele Freunde finden wie hier. Sie steht auf. Sie nickt munter. Sie geht zu den Damen.
Die Witwen zeigen jauchzend auf den Geschäftsführer, an die Decke, in die Spiegel, auf ihre Ohrringe, Broschen, Knöpfe, Schuhe. Sie zeigen in ihre Magen-, Leber-, Herz-, Nierengegenden. Sie plappern. Sie gebärden sich.
Eine andere Dame tritt zu mir. Sie bietet mir Konfekt an. Sie sagt, unsere Teestunde. Brauchen Sie ein Zimmer? Ich sage, nein, danke. Sie lächelt. Sie geht in ihre Ecke zurück.
Die dritte Dame ist ernst.
Sie sagt, wieviel Studenten sind in der Universität eingeschrieben?
Ich sage, das weiß ich nicht.
Sie sagt, raten Sie mal.
Ich sage, ich kann es nicht erraten. Ich kenne die Universität nicht.
Sie sagt, schätzen Sie.
Ich sage, unmöglich. Mir fehlt jeder Anhaltspunkt.
Sie sagt, ich glaube Ihnen, deshalb sollen Sie raten. Nennen Sie irgendeine Zahl, ich sage dann Wasser oder Kohle oder Feuer.
Sie kichert.
Ich sage, meine Dame, ich habe keinerlei Beziehung zur hiesigen Universität.
Sie sieht mich verzeihend an. Sie ergreift meine Hand. Sie drückt sie. Sie sagt freundlich, unter einer Bedingung, daß Sie sich nur auf der Durchreise befinden.

Gepäck

Wir haben kein Geld. Wir haben viel Gepäck. Alles, was wir besitzen, tragen wir in Koffern und Säcken verschnürt bei uns. Es sind fünf Gepäckstücke.
Wir kommen in einem Dorf an. Die Bürgermeisterei, die Kirche, ein Gasthaus mit Saal liegen eng beieinander.
Wir fragen nach Arbeit. Der Wirt sagt, wir haben selber Arbeitslose. Noch dazu Männer.
Wir übernachten in dem Gasthaus. Das Zimmer ist billig. Es hat kalte Fliesen. Die Fliesen sind marineblau und torfrot gemustert. Das Zimmer hat einen Balkon. Der Balkon hängt über den Markt.
Auf dem Markt wird angepriesen, gefeilscht, geschimpft, gelobt, alles angefaßt und berochen. Auf den Obstständen türmen sich rote, gelbe, grüne Pyramiden aus Früchten. Es riecht nach Kaffee. Die Pfanne in der Kaffeerösterei dreht sich. An langen Stangen werden enthäutete Lämmer vorübergetragen. Gerda und ich packen. Wir tragen das Gepäck in den Hof. Während ich hinaufgehe, um einen schweren Koffer zu holen, bewacht Gerda das Gepäck.
Ich komme mit dem schweren Koffer hinunter. Gerda ist weg. Ich rufe, Gerda, Gerda. Ich gehe noch einmal hinauf. Ich komme hinunter. Zwei Gepäckstücke sind verschwunden. Ich rufe. Ich suche. Ich gerate in die Menschenmenge auf dem Markt. Ich werde aufgehalten. Ich schreie. Ich drehe mich im Kreis. Ich kehre zurück. Es sind nur noch zwei Gepäckstücke da. Ich rufe. Ich weine. Ich heule. Gerda kommt. Sie lacht.
Ich sage, wo warst du?
Sie sagt, in der Küche, Bohnen brechen.
Ich sage, derweil haben sie uns das Letzte gestohlen.
Sie sagt, leider nicht.
Ich sage, aber die größten Stücke.
Sie sagt, wir hatten sowieso zu viel.
Ich sage, jetzt haben wir gar nichts mehr.

Sie sagt, wir haben allerhand gewonnen.
Ich sage, ich habe an dem Zeug gehangen.
Sie sagt, entweder irgendwohin gehören oder gar kein Gepäck haben.
Jetzt sind Gerda und der Wirt schon lange verheiratet. Sie haben mich adoptiert. Ich bewohne das Zimmer mit den marineblauen und torfroten Fliesen und dem Balkon, der über den Markt hängt.

Kräftig essen

Ich bin selten in dieser Stadt. Ich bin zufällig hier.
Ich habe eine Bekannte in dieser Stadt. Sie steht mir sehr nahe. Wir führen einen ausgedehnten, einen intimen Briefwechsel miteinander.
Ich bin zufällig hier. Ich möchte meine Bekannte nicht treffen. Ich halte mich nur einen Tag lang auf. Ich habe keine Zeit. Wenn ich sie treffe, muß ich mich ihr widmen. Sie beschlagnahmt mich. Sie sagt, was machst DU denn hier, oder, was MACHST du denn hier, oder, was machst du denn HIER. Ich sage, gar nichts. Sie zieht mich. Sie reißt mich mit. Sie sagt, und du rufst mich nicht an. Ich sage, ich wollte es gerade. Sie sagt, dann ist es ja herrlich, daß wir uns treffen. Ich sage, ja. Ich frage, bist du nicht auf dem Weg ins Geschäft. Sie sagt, ach wo, ich habe heute meinen Haushaltstag. Ich sage, dann hast du also große Wäsche. Sie sagt, ich denke nicht daran, zu waschen, wo du schon einmal hier bist. Ich sage, ist hier in der Nähe ein Kino. Sie sagt, Kino. Zuerst ins Café.
Sie hakt mich ein. Sie sagt, wann bist du angekommen. Ich sage, gestern Abend. Sie sagt, das ist doch nicht möglich. Und wo hast du geschlafen? Ich sage, in einem Hotel. Sie sagt, aber, aber. Wir holen sofort dein Gepäck und bringen es zu mir. Ich sage, das lohnt sich nicht, ich fahre am

Nachmittag weiter. Sie sagt, du fährst am Nachmittag weiter, das kannst du mir nicht antun. Ich sage, sei mir nicht böse, ich habe kaum Zeit. Sie sagt, was hast du denn vor. Ich sage, nichts Besonderes. Sie sagt, was ist übrigens aus der Geschichte geworden. Ich sage, aus welcher Geschichte. Sie sagt, die Geschichte in deinem vorletzten Brief. Ich sage, in meinem vorletzten Brief. Sie sagt, er hieß Roland oder Ronald. Du weißt schon, was ich meine. Ich sage, ach der. Sie sagt, wieso der. Du hast seitenlang von ihm geschrieben und daß du nicht ein noch aus wüßtest. Ich sage, er ist weg. Sie sagt, einfach weg. Das ist fantastisch. Ich sage, ja. Ist hier kein Kino?

Wir gehen die Kaiserallee hinauf. Wir setzen uns in eine Kaffeestube und rauchen. Sie sagt, was du nur mit deinem Kino hast. Wir haben noch gar nicht richtig miteinander gesprochen. Ich sage, nein. Sie sagt, hast du schon gefrühstückt. Ich sage, nein. Sie sagt, ich hole uns etwas zu essen. Ich sage, ich habe keinen Hunger. Sie sagt, du mußt aber kräftig essen, möchtest du belegte Brote oder Kuchen. Ich sage, nichts.

Sie geht zum Buffet. Sie nimmt zwei Tabletts. Sie spricht mit der Bedienung. Ich verlasse die Kaffeestube durch den Ausgang Königstraße.

Anna die Fünfte

Ich wohne bei Anna. Sie heißt Anna die Fünfte. Sie ist aus New York. Sie lebt von der Rocknrollzeit.

Anna die Fünfte hat Angst vor Bazillen. Sie sagt, spuck mir nicht die Bude voll, geh raus. Ich spucke nicht. Anna geht nach Hustensaft und Drops.

Anna rührt Öl mit Zitrone, Pfeffer und Salz ein. Sie taucht Brot hinein und saugt das Öl aus dem luftigen Brot. Sie trinkt Ziegenmilch. Anna die Fünfte raucht Haschisch. Sie stopft die harten Stengel in eine kurze Pfeife mit fingerhutgroßem Kopf. Ein Freund in Athen schickt Anna Haschisch. Anna wiegt sich und raucht. Es ist dunkel. Insekten stoßen an das Gazefenster. Anna sagt, wenn ich Uniformen sehe, muß ich kotzen, deshalb bin ich hier. Ich lache. Anna sagt, I know, it's all over.

Morgens klopft die Nebelkrähe unsere schmutzigen Teller ab. Anna steht auf. Sie schwankt. Sie schlägt mit ihrem Handtuch nach Fliegen. Sie geht breitbeinig vor die Tür und verscheucht die Krähe. Sie schreit, stop that, you are killing me. Schaukelnd geht Anna nach Milch. Sie bringt Drops und Hustensaft mit.

Anna macht jeden Tag Feuer und kocht Kaffee. Beim Reisigbrechen zerkratzt sie sich die Fingerspitzen. Sie flucht. Anna die Fünfte knabbert Fingernägel. Anna hat keine Fingernägel.

Anna sitzt auf dem Fußboden. Sie zieht ein Bein dicht an den Bauch. Sie reißt mit der Pinzette Haare aus dem Bein. Ihre Zehen sind gespreizt. Sie hat kurze Beine. Jeden Tag reißt sie zwei Stunden lang Haare aus. Ihre Beine sind behaart. Ihre Arme sind dicht behaart. Ihre Stirn ist behaart. Sie hat keinen Bart auf der Oberlippe.

Anna die Fünfte ist auf zwei Schallplatten herausgekommen. Davon lebt sie. Sie hat die Musik vergessen. Ich sage, sing doch mal wie es war. Sie sagt, ich habe es vergessen. Anna studiert die Abrechnungen aus dem Verlag. Sie zählt Tantiemen. Auf der Stirn hat sie tiefe Falten. Vor den Falten hängt ein Pony. Anna kostet meinen Hustensaft und trinkt die Flasche halbleer. Sie kann nicht singen.

Anna trinkt Retzina. Sie trinkt Oyzo. Sie liebt den Tischler. Wenn der Tischler kommt, gehe ich in den Garten. Er sagt, jaschu Annula. Wenn er geht, ruft er in den Garten, jaschu Marijaki.

Anna schweigt. Alles kotzt Anna an. Anna haßt Ordnung. Anna haßt Dreck. Sie haßt Männer. Sie haßt Frauen. Sie haßt Amerikaner, besonders Chinesen. Sie haßt Autos, Flugzeu-

ge, die Musikbox bei Dimitri, die Sonnenbrillenfabrik, Dynamos. Anna sagt, laß mich in Ruhe, ich habe keine Ahnung. Anna sagt Tao und meint Aspirin.
Anna geht nackend baden. Der Dorfpolizist will sie ausweisen. Sie hat Geld genug, sie darf bleiben. Sie wird nicht braun. Ihre Sommersprossen wachsen.
Wir gehen zu Dimitri Kaffee trinken. Anna steckt mehr Geld in die Musikbox als wir alle zusammen. Sie sagt, die Tänze sind nicht echt. Anna hat ihren Tonbandkoffer in der Tasche. Wir gehen nach Hause. Es ist mondhell. Unterwegs setzen wir uns mitten auf den Weg. Anna drückt auf eine Taste. Wir hören strawberry-fields. Wir rauchen. Anna verfolgt einen Junikäfer. Die Sohlen ihrer Sandalen sind aus Autoreifen. Wenn ich betrunken bin, zieht mich Anna und redet mir zu. Ich bin nicht betrunken. Im Haus ist es heiß. Anna raucht Haschisch. Sie geht nicht schlafen.
Anna die Fünfte schweigt.
Sie wickelt sich in einen Teppich und trippelt hinaus. Sie legt sich aufs Dach. Sie wälzt sich hin und her. Die Bambusstangen knarren. Mir fällt Sand ins Gesicht.

Fahrkarte bitte

Kiel sieht neu aus. Es ist dunkel. Ich gehe zum Hafen. Mein Schiff ist nicht da. Es fährt morgen. Es kommt morgen vormittag an und fährt um dreizehn Uhr wieder ab. Ich sehe ein Hotel. Im Eingang steht ein junger Mann. Er trägt einen weinroten Rollkragenpullover.
Ich sage, haben Sie ein Einzelzimmer?
Er sagt, ja.
Ich sage, ich habe nur eine Handtasche bei mir, mein ganzes Gepäck ist auf dem Bahnhof in Schließfächern.
Er sagt, Zimmer einundvierzig. Wollen Sie gleich bezahlen?
Ich sage, ach nein, ich bezahle morgen.

Ich schlafe gut. Ich wache auf. Es regnet in Strömen. Ich gehe hinunter. Der junge Mann hat eine geschwollene Lippe.
Ich sage, darf ich mal telefonieren?
Er sagt, naja.
Ich rufe an.
Ich sage, du, ja, hier bin ich, heute noch, um eins, ja, ich komme gleich, doch ich muß, ich habe kein Geld, mein Hotel, ach fein, ich gebe es dir zurück, sofort, schön.
Der junge Mann steht neben mir. Er hat zugehört.
Ich sage, jetzt hole ich Geld. Dann bezahle ich.
Er sagt, zuerst bezahlen.
Ich sage, ich habe kein Geld, meine Freundin.
Er sagt, das kann ich mir nicht leisten.
Ich sage, aber ich muß nachher weiter.
Er sagt, da könnte ja jeder kommen.
Ich sage, meine Freundin kann nicht aus dem Geschäft weg.
Er lacht.
Ich sage, ich bin gleich wieder da.
Er sagt, so sehen Sie aus.
Ich sage, lassen Sie mich doch gehen. Was haben Sie denn von mir?
Er sagt, ich will Sie ja gar nicht.
Ich sage, manch einer wäre froh.
Er sagt, den zeigen Sie mir mal.
Ich sage, Sie kennen mich noch nicht.
Er sagt, abwarten und Tee trinken.
Es kommen neue Gäste.
Er sagt, gehen Sie solange in die Gaststube.
Er kommt nach.
Ich sage, mein Schiff geht um eins.
Er sagt, zeigen Sie mir bitte Ihre Fahrkarte.
Er verschließt die Fahrkarte in einer Kassette. Ich sitze in der Gaststube und schreibe einen Brief. Liebe Charlotte, seit einer Woche bin ich im »Weißen Ahornblatt« Serviererin.

Nähe Hafen. Wenn Du hier vorbeikommst, sieh doch zu mir herein. Sonst geht es mir glänzend. Deine Maria.

Abgefertigt

Der Zug fährt langsam. Er schlenkert. Der Zug fährt schnell. Er fährt durch eine Schonung. Er hält neben einem leeren Bahnsteig. Ein Lautsprecher sagt, die Reisenden werden gebeten, den Zug nicht zu verlassen. Zwei Männer in Uniform gehen durch die Wagen und sagen, Paßkontrolle. Ein Mann und eine Frau, beide in Uniform, gehen durch die Wagen und sagen, füllen Sie bitte diesen Schein aus. Ein Mann in Uniform geht durch die Wagen und sagt, Ihr Visum bitte. Ein Ausländer sagt, ich habe kein Visum. Der Mann sagt, warum haben Sie kein Visum? Der Ausländer sagt, ich wußte nicht, daß. Der Mann sagt, kommen Sie bitte mit.
Der Mann in Uniform und der Ausländer gehen den Bahnsteig entlang und treten in ein Büro. Der Ausländer füllt ein Formular aus. Der Mann reißt von dem Formular einen Abschnitt ab, gibt ihn dem Ausländer und sagt, hier ist Ihr Visum. Der Ausländer geht am Zug entlang und in sein Abteil zurück. Die Reisenden blicken aus den Abteilfenstern und sehen den Ausländer an.
Zwei Männer, beide in Uniform und mit Maschinenpistole, gehen durch die Wagen und sagen laut in jedem Abteil, bitte mal heraustreten. Sie heben die Sitzbänke hoch. Sie treten mit den Füßen unter die Sitzbänke und heben die großen Koffer in den Gepäcknetzen an. Sie sagen laut, danke, und verlassen das Abteil. Sie reißen die Toilettentüren auf.
Eine Frau in Uniform geht durch die Wagen und sammelt die ausgefüllten Scheine ein. Sie sagt, gute Weiterreise.
Ein Mann in schmutziger Geländeuniform stellt sich draußen neben den Zug. Er hält einen langhaarigen Schäferhund

an der Leine. Er macht ihn los. Der Hund sabbert. Er trägt einen Maulkorb. Der Mann nimmt ihm den Maulkorb ab. Der Schäferhund duckt sich. Er kriecht unter den Zug. Er geht zwischen den Geleisen unter dem Zug entlang. Er schnüffelt. Der Mann in der Geländeuniform geht neben dem Zug her. Er stößt mit einer eisernen Stange unter den Zug. Der Hund kommt unter dem Zug hervor. Er schüttelt sich. Der Mann sagt, wirst du. Der Hund geht wieder unter den Zug.

Der Zug ist zu Ende. Ein Mann in Uniform ruft, fertig. Der Zug fährt ab.

Der Zug fährt sehr schnell.

Er hält.

Zwei Männer in Uniform gehen durch die Wagen und sagen, Paßkontrolle. Die Dampflokomotive wird abgekoppelt. Eine Diesellok wird angekoppelt.

Ein Mädchen geht durch die Wagen. Es hat einen langen, weißen Kittel an. Auf dem Kittel steht, Innere Mission. Es trägt eine Kanne vor sich her. Es ruft, Tee, Pfefferminztee, Tee. Es fragt, sind hier noch Rentner? Sein Haar ist auf dem Hinterkopf zu einem Knoten verschlungen. Ein junger Mann ruft, ja, hier. Das Mädchen lacht. Es verschüttet Tee. Es sagt, nein, nein, nein. Der junge Mann sagt, ich habe Durst. Das Mädchen sagt, ja, es ist sehr warm heute. Es geht weiter. Es ruft Tee, Pfefferminztee, Tee.

Der Zug fährt ab. Er fährt schnell. In den Abteilen wird geschwatzt. Eine Frau sagt, Zwillinge, das finde ich süß, dabei noch zwei Buben.

Verfahren

Ich komme am Hafen an und winke einem Taxifahrer. Er öffnet den Wagen. Ich setze mich hinein.

Ich kenne das Land nicht. Ich kenne die Stadt nicht. Ich

spreche die Sprache des Landes nicht. Ich habe nur das Wörterbuch studiert.
Es ist spät. Ich bin müde.
Der Fahrer zieht die Glaswand zwischen uns auf, ich sage, ein billiges Hotel am Bahnhof bitte. Er sieht mich groß an. Er wölbt die Augenbrauen. Er sagt, billig. Ich sage, nicht zu teuer. Er sagt, ich verstehe schon. Er zieht die Glaswand zu.
Es regnet in Strömen.
Wahlplakate säumen die Straße. Es gilt zu bekräftigen, × A Sozialdemokratie. Ein gefälliges Neues Jahr, × C Konservative Partei. Wir bleiben vor der Kreuzung zwischen Warteschlangen stehen. Ich blicke in ein Auto links von mir. Ich blicke in ein Auto rechts von mir. Der Herr in dem Auto rechts gibt mir ein Zeichen. Ich wende mich ab. In dem Auto links von mir sitzt eine vierköpfige Familie mit einem Hund. Der Hund ist langhaarig. Ein Junge reißt an seinen schlappen Ohren.
Der Taxameter tickt. Er rasselt kurz. Ich fange an zu reden. Ich rede in meiner Muttersprache. Ich schlage einen ruhigen Ton an. Ich sage gegen die Scheibe, ich bin Student. Ich möchte mich hier in Ihrer Stadt immatrikulieren lassen. Morgen reiche ich meine Zeugnisse ein. So schlecht stehe ich gar nicht da. Aber Sie verstehen, daß ich einteilen muß. Wenn ich jetzt schon den Überblick verliere, ist bald alles alle.
Der Fahrer lächelt. Er sieht mich durch den Rückspiegel an. Er zwinkert. Er schmatzt.
Draußen lese ich nun rechts und links. Die Mehrzahl der Arbeiter, × K Kommunistische Partei. Obwohl ich auch den Stadtplan studiert habe, orientiere ich mich nicht. Die Straßen sind ziemlich dunkel. Ich mache einen Park aus. Ich klopfe gegen die Scheibe und sage, Bahnhof, Bahnhof. Der Verkehrslärm ist weit weg. Ich weiß nicht Bescheid. Ich nicke ein.
Fast wäre ich aus dem Wagen gefallen. Der Fahrer öffnet die

Tür von außen. Er steht in einem Haufen Laub. Er deutet auf eine Parkbank und sagt, billig. Ich sage, dreißig darf es schon kosten. Der Fahrer macht seine Geldbörse auf.

Lesezeichen

Frau Ruddigkeit ist Gast des Hotels »Frankfurter Hof«. Sie folgt dem Liftboy in den Aufzug. Der Liftboy trägt ihr Gepäck. In der rechten Hand trägt er zwei Reisetaschen. In der linken Hand trägt er einen Koffer und eine Reisetasche. Vorne, an einen Knopf seiner Weste, hat er sich den Zimmerschlüssel gehängt. Er stellt das Gepäck im Aufzug ab.
Der Liftboy ist klein, alt, breit. Er sieht verweint aus. Seine Weste ist aus Duchesse. Sie ist vorne rot und hinten schwarz. Der Liftboy trägt Messerschnitt. Er betrachtet Frau Ruddigkeit durch den Spiegel im Aufzug.
Frau Ruddigkeit hat einen hellblauen Wildledermantel an. Ihre Stiefel sind beige und reichen bis über die Knie.
Frau Ruddigkeit folgt dem Liftboy in das Zimmer. Sie sagt, darf ich Ihnen eine Mark geben, weil Sie so schwer zu schleppen hatten. Der Liftboy hält ihr seine Hand hin. Frau Ruddigkeit sieht auf die Hand hinab. Die Hand ist offen, locker. Sie liegt in der Luft. Sie schwebt. Sie vibriert. Die ausgestreckte Hand zittert. Die einzelnen Finger stehen leicht voneinander ab. Die Handfläche, ausgebuchtet, sieht einem zerknautschten Sofakissen ähnlich. Frau Ruddigkeit vertieft sich in den Anblick der Hand. Sie nimmt die Hand. Der Liftboy sieht weg. Sie biegt die Finger grade, knickt sie wieder ein, zieht an ihnen bis es knackt. Frau Ruddigkeit biegt die Finger hintenüber. Der kleine Finger bildet mit dem Handrücken einen rechten Winkel.
Der Liftboy sagt, ich habe keine Zeit, unten im Foyer wird nach mir gerufen.
Der Liftboy geht.

Frau Ruddigkeit dreht die Hand um und um. Die Haut auf dem Handrücken ist leberbraun und weich. Die Hand faßt sich weich an. Sie riecht nach Veilchen.
Frau Ruddigkeit schickt die Hand mit dem Zimmermädchen hinunter. Die Hand liegt jetzt im Gästebuch des Hotels »Frankfurter Hof« als Lesezeichen.

In der Luft hängen

Die Reisegesellschaft sitzt im Flugzeug: Schwatzen, Jauchzen, muntere Reden, Gaudi, meine Tante – deine Tante. Kein Mundwerk steht still. Die Reisegesellschaft gerät in Fluß, Steine fallen von Herzen, Münder laufen über, Lippen werden riskiert und Ohren verschenkt. Die Zungen laufen frei herum.
Herr Waliza beugt sich zur Reiseleiterin hinüber und fragt, darf ich mich neben Sie setzen? Sie sagt, aber bitte. Er sagt, ich bin Ihnen sehr verbunden. Sie sagt, wenn alle Stricke reißen, muß man sich einschränken.
Die Reisegesellschaft überfliegt städtisches Gelände. Zwischen quadratischen Dächern, spitzen und kugelförmigen Kirchtürmen breitet sich unter ihnen ein großer roter Platz aus. Die Chartermaschine der Reisegesellschaft kreist über dem Platz.
Herr Waliza neben der Reiseleiterin schreibt. Sie sagt, was machen Sie denn da? Er sagt, ich entwerfe eine Charade. Sie sagt, aber wer reimt schon heutzutage noch am Ende. Herr Waliza sagt, es handelt sich ja nur um eine Scharade. Darf ich sie Ihnen einmal vorlesen, zwei Silben hat das Lösungswort.
Er liest:
Scharade.
Die Berge dort im blauen Duft,
Die Wolken hoch im Reich der Luft,

Die Sonne, die am Himmel flammt,
Sie sind die erste insgesamt.
Oft birgt die zweite süßen Saft,
Oft bittren Tod in sich.
Sie wankt und schwankt . . .

Die Reiseleiterin sagt, Moment mal, es scheint uns eine Zwangslandung bevorzustehen. Herr Waliza sagt, wie meinen Sie das? Die Reiseleiterin sagt, haben Sie noch nie davon gehört, daß Flugzeuge auch gekapert werden? Er sagt, das schon. Wo befinden wir uns denn? Sie sagt, wir schweben über einem roten Platz, oder dachten Sie, in den Tropen auf Zwiebeltürme zu stoßen? Er sagt, gewiß nicht, aber ich sehe gar keinen Schnee. Sie sagt, da haben Sie es, auf dem Kilimandscharo liegt nämlich Schnee.

Herr Waliza packt sein Schreibzeug zusammen und preßt Nase und Stirn an das Fenster des Flugzeugs. Er schließt die Augen, kneift sie zu, läßt die Lider blitzschnell hochklappen und sagt, ich sehe alles dreifach, vierfach. Er wischt sich über das Gesicht. Schweißperlen brechen ihm aus der Haut. Herr Waliza steht schnell auf, drängelt, zwängt sich durch und bleibt auf dem Mittelgang stehen. Er legt Freiübungen ein. Er führt sie vor. Die erregte Reisegesellschaft ruft, lassen Sie die Kinkerlitzchen, machen Sie uns nicht vollends nervös!

Man sieht Herrn Waliza als Kerze, Brücke, im Katzenbukkel, bei der Holzhackübung und beim Hammerwerfen. Man sieht ihn sich beugen, drehen, heben, spreizen. Er begibt sich in die Ausfall-, dann in die Seitgrätstellung. Am Ende fällt er in den Liegestütz. Die Reiseleiterin stößt ihn mit dem Fuß an und sagt, bitte keine Panik. Aufregung wirkt sich ansteckend aus.

Herr Waliza setzt sich wieder neben die Reiseleiterin. Er lehnt sich an. Er sieht matt aus. Er sagt, jetzt bin ich entspannt. Was sie wohl mit uns vorhaben? Sie sagt, ihren Vorbereitungen nach lassen sie uns an einer Strickleiter hinunter auf den Platz. Wahrscheinlich haben sie für unsere große Maschine keinen passenden Flugplatz.

Die Reisegesellschaft läßt sich einer nach dem anderen an einer Strickleiter hinunter. Die Strickleiter ist sehr lang, ihre Sprossen und Schenkelstücke fast armdick. Das Kardeel ist aus Nylon. Die Seele muß aus Draht sein. Die Reiseleiterin sucht, tastet, angelt nach der nächsten Sprosse. Herr Waliza folgt ihr. Er steht über ihr. Die Strickleiter schwankt hin und her.

Herr Waliza tritt der Reiseleiterin auf die Finger. Sie schaukelt. Er schaukelt. Beide schaukeln. Sie lächelt nach oben. Er lächelt nach unten. Die Reiseleiterin zerrt ihre Hand unter seinem Schuh hervor. Er rutscht aus. Er rutscht mit den Füßen, den Beinen in ein Loch zwischen zwei Sprossen. Er hängt durch. Er hält sich mit beiden Händen fest. Er hält sich nur noch mit einer Hand fest. Die Reiseleiterin lächelt nach oben. Herr Waliza lächelt nach unten. Sie entfernt sich von ihm. Er bleibt zurück. Er ruft hinunter, können Sie mir nicht auf den Weg helfen, ich weiß hier nicht Bescheid. Die Reiseleiterin ruft hinauf, ich bin auch fremd hier. Er ruft hinunter, wollen Sie mich denn einfach hängen lassen? Sie ruft hinauf, wenn Not am Mann ist, muß man selber Hand anlegen.

Herr Waliza winkt der Reiseleiterin heftig zu. Er hängt an seiner rechten Hand und winkt mit der linken. Die Reiseleiterin zuckt fragend mit den Schultern. Er ruft, nehmen Sie mich bitte, bitte mit. Ich liebe Sie doch. Die Reiseleiterin ruft hinauf, was soll denn das heißen? Herr Waliza ruft, ich kann ohne Sie nicht leben. Ich sehe Tag und Nacht Ihr Bild vor mir. Die Reiseleiterin fragt, was für ein Bild? Herr Waliza antwortet, das Bild auf dem Plakat im Reisebüro. Die Reiseleiterin ruft zurück, dann bin ich ja beruhigt, es ist gut getroffen.

Herr Waliza winkt weiterhin mit der linken Hand und seinen beiden Füßen. Er ist ganz Winken. Er wedelt, flattert, strampelt zwischen Himmel und Erde. Die Reiseleiterin ruft hinauf, und was hätten Sie zu bieten? Herr Waliza ruft hinab, ich baue Ihnen ein Luftschloß. Die Reiseleiterin ruft hinauf, da habe ich lieber festen Boden unter den Füßen. Die Reisegesellschaft entfernt sich in Richtung roter Platz. Die Reiseleiterin bildet mit ihren Händen einen Trichter. Ihre Stimme erreicht Herrn Waliza gerade noch: Übrigens, die Lösung Ihrer Scharade lautet – Fernrohr!

1967–1968

Entkommen

Geselliges Beisammensein

Die Gruppe steht in einer Grünanlage. Zwei Bänke werden zusammengestellt. Die Gruppe sitzt in einer Reihe. Die Füße sind vorgestreckt. Sie sind unter die Bank gestellt. Sie sind über die großen Zehen gestellt. Die Gruppe lacht. Sie klopft sich ab. Ihre Hände fallen auf Schultern und Rücken und bleiben liegen.

Ein Fotograf kommt. Er bringt eine Kollegin mit. Sie hatte den gleichen Weg.

Er gehört zur Gruppe. Er geht mit dem Apparat vor der Gruppe auf und ab. Er hockt sich nieder. Er reckt sich und hält den Apparat hoch über den Kopf. Er sieht von unten hinein. Die Gruppe bewegt sich, sitzt still, zappelt. Er wirft den Apparat hoch. Er drückt in das Ende einer schwarzen Schnur.

Die Kollegin trägt ein gestreiftes Hemdblusenkleid. Sie hat einen Gürtel um. Sie füllt das Kleid aus. Sie sitzt am Ende der Bank, mit dem Rücken zur Gruppe. Sie liest in der Zeitschrift »Camera«. Sie trägt Herrenschnitt. Sie liest.

Die Gruppe steht auf. Einer lädt die Gruppe zu sich nach Hause ein. Die Kollegin sagt, ich muß jetzt gehen. Der Gastgeber sagt, wieso? Die Kollegin sagt, ich habe noch viel zu tun. Der Gastgeber sagt, Sie fühlen sich wohl nicht eingeladen?

Der Gastgeber stellt der Gruppe zwei große Zimmer zur Verfügung. Das eine Zimmer hat einen Kachelofen. Der Kachelofen ist kalt. An den Wänden stehen Bücherregale und Sessel. Ein Sessel steht in der Mitte des Zimmers. Die Kollegin setzt sich in den Sessel in der Mitte.

Der Fotograf zieht die Vorhänge zurück. Die Ringe schleifen. Die Schienen biegen sich. Die Gruppe versammelt sich vor dem Ofen. Einige stehen. Einige sitzen auf zwei Sesseln. Einige hocken. Einige liegen auf dem Fußboden. Der Ofen soll mit auf das Bild.
Der Gastgeber sagt, kommen Sie doch auch her. Die Kollegin sagt, ich gehöre ja nicht dazu. Der Fotograf steigt auf den Sessel in der Mitte. Er steigt auf die Rückenlehne. Die Kollegin setzt sich vorne auf die Kante.
Die Gruppe zerfällt. Einige tanzen. Einige küssen sich. Einige weinen. Einige gehen weg. Der Gastgeber bietet Ananassaft an. Er bietet Wodka an. Die Kollegin trinkt Wodka.
Der Fotograf legt einen neuen Film ein. Er geht von Sessel zu Sessel. Er nimmt auf.
Der Fotograf geht in das andere Zimmer. Er tanzt. Die Kollegin zieht die Vorhänge zu.
Der Gastgeber setzt sich in den Sessel in der Mitte. Er spielt Gitarre und singt. Die Gruppe rückt zusammen. Jeder Sessel ist ein schwarzer Haufen. Die Gruppe verstummt.
Das Lied ist aus. Die Kollegin sagt, ich muß jetzt gehen.
Der Gastgeber singt wieder. Er stockt. Er erinnert sich. Das Lied ist alt. Einige singen mit. Einige schluchzen. Einige küssen sich. Die Kollegin sagt, ich muß jetzt gehen. Der Gastgeber singt.
Der Fotograf verabschiedet sich. Die Gruppe winkt. Er geht auf den Zehenspitzen davon. Aus dem leeren Nebenzimmer fällt Licht.
Der Gastgeber trinkt Ananassaft. Die Kollegin steht in der Ecke. Sie trinkt Wodka. Sie stellt ihr Glas auf den Boden. Die Gruppe bewegt sich. Alle reden. Alle wechseln die Plätze. Irgendjemand stößt das Glas der Kollegin um. Der Gastgeber singt. Die Gruppe verstummt. Die Kollegin wischt den Wodka auf. Sie sagt, ich muß gehen. Der Gastgeber spielt und singt. Die Gruppe schweigt.
Das Lied ist aus.

Die Kollegin küßt den Gastgeber. Der Gastgeber sagt, jetzt muß ich aber allein sein.

Das Gutachten

Der Saal ist gerammelt voll. Er gehört dem Presseverband. Er hat dunkelgrüne Vorhänge mit weißen Fransen. Er hat Kronleuchter aus Preßglas. An der Wand gegenüber der Fensterwand sind gepolsterte Türen. Zwischen den Türen hängen zweiarmige Wandlampen. Alle Lampen sind hell. Es ist warm.

Im Saal stehen Stuhlreihen. Vorne steht ein Konferenztisch. Aus dem Konferenztisch ragt ein Bündel Mikrofone. Die Stühle im Saal sind alle besetzt. Ein Stuhl am Konferenztisch ist frei. Es ist der Stuhl hinter den Mikrofonen.

Eine gepolsterte Tür geht auf. Die »Gläserne Frau« tritt herein. Die Journalisten rufen aah. Die »Gläserne Frau« stellt sich auf den Stuhl hinter die Mikrofone. Sie wird befragt. Sie antwortet. Sie ist viel herumgekommen.

Und als Kind?

Ihre Kindheit?

Wo war das?

Wie?

Sie sagt, ich habe genascht. Die Journalisten lachen.

Sie sagt, ich habe geschnüffelt. Die Journalisten klatschen.

Sie sagt, ich habe gelogen. Pfui, rufen die Journalisten, pfui.

Sie sagt, bis ich im Wäscheschrank auf den Brief des Graphologen stieß.

Haben Sie ihn da? fragen die Journalisten.

Ich habe ihn im Kopf, sagt sie.

Aufsagen, sagen Sie ihn auf, rufen die Journalisten.

Ich geniere mich ein bißchen, sagt sie.

Sie ziert sich. Die Journalisten pfeifen.

Die »Gläserne Frau« sagt, München, den siebenundzwan-

zigsten August neunzehnhundertund. Ein negativ eingestellter Mensch, der einer positiven Entscheidung gern aus dem Wege geht. Er verläßt sich auf die Mitmenschen und läßt alles an sich herankommen, statt vorzubauen. Als Abwehrwaffe in schwierigen Lagen verschmäht er nicht die Lüge. Im ersten Drittel neunzehnhundertund werden durch impulsives Vorgehen Trennungen und neue Verbindungen eingegangen. Behördliche Auseinandersetzungen und unangenehme Kritik von Vorgesetzten sind zu erwarten. Stark impulsiv, auch im Gefühlsleben und wird einmal dessen Sklave. Eine angetane Beleidigung wird mit großer List vergeben.
Na und? fragen die Journalisten.
Und jetzt gehöre ich dem Hygienemuseum als »Gläserne Frau«. Ich werde, wie gesagt, oft außer Landes geschickt, wo man mich auf Industrieausstellungen zeigt. Ich bin in Havanna gewesen, in Tiflis, in Kairo. Ich werde überall befühlt, abgeklopft, durchschaut.

Kleopatra

Ich weiß nicht, wer Karl ist. Ich weiß es nicht mehr.
Ich gehe jeden Abend mit Tasso spazieren. Wir gehen einmal um das Viertel. Tasso bleibt an Bäumen stehen. Ich schnappe frische Luft. Es riecht nach Jasmin.
Ich treffe einen früheren Kollegen. Wir begrüßen uns. Er sagt, wie geht es denn Karl? Ich sage, Karl? Er sagt, ja, wie geht es deinem Freund Karl? Ich sage schnell, danke, so lala. Der frühere Kollege sagt, wenn du ihn siehst, grüße ihn von mir. Ich sage, das mache ich. Er sagt, weißt du noch, wie wir in der Kantine gelacht haben? Ich sage, und wie.

Es ist Sommer. Tasso und ich gehen um das Viertel. Wir treffen den früheren Kollegen. Er sagt, was macht er? Ich sage, wer? Er sagt, na Karl. Ich sage, nichts Besonderes. Er sagt, wie geht es seiner Frau? Ich sage, das weiß ich beim besten Willen nicht. Der Kollege faßt sich an den Kopf. Er sagt, ich bringe heute alles durcheinander, er war ja gar nicht verheiratet. Ich sage, nein. Er sagt, er hatte immer Schwierigkeiten mit Frauen, ob er inzwischen eine gefunden hat? Ich sage, ich habe das nicht so genau verfolgt. Er sagt, also geheiratet hat er nicht. Ich sage, wo denkst du hin! Er sagt, triffst du ihn nicht öfters? Ich sage, doch, doch. Der Kollege sagt, ich gebe dir einmal meine Telefonnummer für ihn mit. Er soll mich anrufen, wenn er Zeit hat. Ich sage, er ruft dich sicher an.

Es riecht nach Herbstastern. Tasso und ich treffen den früheren Kollegen. Er sagt, stell dir vor, ich habe hier ganz in der Nähe eine Wohnung bekommen. Ich sage, fantastisch, dann trinken wir öfter ein Bier zusammen. Er sagt, und Karl laden wir auch ein. Ich sage, ich habe heute abend eine Verabredung, ich muß gehen. Er sagt, es muß nicht sofort sein, wenn du ihn nur irgendwann benachrichtigst. Ich sage, ja. Der Kollege sagt, denkst du, er hätte mich einmal angerufen, oder hast du ihn gar nicht gesehen? Ich sage, vor Wochen, im Vorübergehen. Ich hatte deine Nummer nicht bei mir. Er sagt, das macht nichts, ich bin nun jederzeit erreichbar. Ich sage, fein. Er sagt, ich habe immer bewundert, wie ihr zusammengehalten habt, zum Beispiel dem Chef gegenüber. Ich sage, das ist lange her. Er sagt, wenn du ihn triffst, wo triffst du ihn dann immer? Ich sage, hier und dort. Er sagt, geht er nicht oft zu Kleopatra? Ich sage, ich kenne keine Kleopatra. Er zwinkert und sagt, du kennst Kleopatra nicht? Ich sage, nicht, daß ich wüßte. Er sagt, das Tanzlokal in der Immanuel-Kant-Straße kennst du nicht? Es steht doch groß und rot überm Eingang – Kleopatra. Ich sage, ach ja. Er sagt, bist du auch öfter dort? Ich sage, selten.

Ich habe Rheumatismus. Ich bitte Tasso, allein hinunterzu-

gehen. Die Wirtin sagt, es herrscht Tollwutgefahr. Ich humple mit Tasso um das Viertel. Es riecht nach Schnee. Der frühere Kollege eilt mir entgegen. Meine Knie beginnen heftig zu schmerzen. Sie sind weich. Ich trete auf der Stelle. Ich versuche angestrengt, mich an einen Karl zu erinnern. Ich weiß nicht, wer Karl ist. Ich kann mir sein Gesicht nicht mehr vorstellen. Ich trete auf der Stelle. Der Kollege sagt, wir haben uns lange nicht gesehen, wo warst du? Und Karl ist auch nicht aufgetaucht. Ich blicke weg. Der Kollege sagt, ich weiß nicht einmal deine Hausnummer, wenn etwas sein sollte. Ich sage, nein. Er sagt, was ist denn los? Irgend etwas bedrückt dich.
Meine Gelenke schmerzen. Ich fühle unterm Hemd Schweiß aus meinen Achselhöhlen rinnen. Der Kollege legt mir seine Hand auf die Schulter und sagt, und Karl? Ich sage, ist tot.

Seit Januar habe ich mein Zimmer nicht verlassen. Die Wirtin stellt mir Essen vor die Tür. Tasso ist durchgebrannt. Ich hatte ihn allein hinunter auf die Straße geschickt. Ich verbringe viele Tage auf dem Sofa liegend. Es klopft. Ich verhalte mich still. Es klopft noch einmal. Ich setze mich auf. Die Klinke rattert. Es wird an der Tür gerüttelt. Ich halte den Atem an. Eine hohe Frauenstimme ruft, ich komme vom Tierschutzverein. Ich antworte nicht. Sie ruft, wenn Sie Ihren Hund nicht abholen, spritzen wir ihn morgen. Ich atme lautlos tief ein. Ich höre Schritte sich schnell entfernen.

Ich ziehe mich aus und gehe zu Bett, obwohl es noch hell ist. Ich muß fest geschlafen haben. Ich werde in die Sitzstellung gezogen. Neben meinem Bett stehen ein Polizist und der frühere Kollege. Der Polizist sagt, ich bin hier aufgrund einer Suchanzeige. Der Kollege umhalst mich. Er sagt, es war ein Mißverständnis, eine Falschmeldung. Karl lebt. Ich soll dich sofort zu Kleopatra bringen. Wir freuen uns sehr auf dich.

Hauptpost

Es ist Vormittag. In der Hauptpost herrscht viel Betrieb. Ich stehe in der Halle. Rechterhand sind die Telefonzellen, linkerhand die Schalter. An der Rückwand der Halle zieht sich ein langes flaches Pult entlang. Auf dem Pult stehen sieben oder acht Schreibmaschinen nebeneinander. Sie sind mit Ketten an der Wand befestigt. Sie stehen zur Verfügung.

Aus den Telefonzellen dringen Sätze. Ich fange Sätze auf: Prothesen tauschen wir nicht um, und: Dich erreicht man ja nie, und: Alles voller Eiterpickel, und: Wo wollen Sie denn hin.

Das Publikum hat es eilig. Die Geräusche in der Hauptpost schwellen an, ebben ab.

Ich setze mich auf einen Schemel vor eine Schreibmaschine und schreibe einen Brief.

Ich schreibe, ich denke immerzu an Dich. Wenn Du nicht kommst, bin ich geliefert.

Hinter mir unterhalten sich zwei Damen.

Ich schreibe, egal was die anderen sagen, ich finde Dich schön, alles an Dir.

Die Damen sprechen mir zu laut. Links von mir füllt ein Herr ein Formular aus. Er tippt. Er schlägt zu.

Ich schreibe, mir gefällt es, wie Du das R rollst, ich könnte Dir stundenlang zuhören, nur weil ich kein R aussprechen kann.

In der Halle wird gerufen, geschimpft, gestritten. Die Damen hinter mir lachen. Der Herr neben mir sagt seine Lebensdaten auf.

Ich schreibe, mir wird heiß auf dem Rücken, und ich kriege Bauchschmerzen, wenn ich daran denke, daß wir uns bald sehen.

Die Damen hinter mir scheinen sich über eine Bekannte zu unterhalten. Sie sprechen schlecht über eine Dritte.

Die eine Dame sagt, keine Scham im Leibe.

Die andere Dame sagt, so genau so stelle ich mir eine Schlampe vor.
Sie stören mich. Ich nehme mich zusammen. Ich schreibe, zuerst gehen wir essen und etwas trinken und dann schnell ins Bett, nicht wahr.
Die eine Dame sagt, ein echtes Flittchen.
Die andere Dame sagt, wir sollten sie melden.
Ich drehe mich um und sage, können Sie nicht woanders über Ihre Kollegin herziehen. Die Damen lassen eine Lachsalve los. Sie halten sich die Seiten.
Ich schreibe, Du darfst es niemandem erzählen, was wir machen, wenn man es erzählt, ist es schon vorbei.
Ich werde am Ärmel gezogen. Ich sage ohne aufzublicken, Entschuldigung, aber können Sie sich nicht an eine andere Maschine setzen.
Ich schreibe, ich möchte mit Dir Pilze suchen gehen oder Bernstein oder Zootiere mit Silberpapier füttern oder Schaufenster voller Prothesen einwerfen, weil sie vom Umtausch ausgeschlossen sind, oder auf der Straße Blinde grüßen, bloß um mal zu sehen.
Die Damen hinter mir haben das Thema gewechselt. Sie rufen, huch, und, so was Gemeines.
Ich schreibe, wenn Du kommst, mache ich mich auch schön, so schön, daß Du umfällst und ich Dich die ganze Nacht lieben kann.
Mir wird auf die Schulter geschlagen. Ich sage, Augenblick, ich bin gleich fertig.
Die eine Dame sagt, und das alles öffentlich.
Die andere Dame sagt, welch eine unverfrorene Dirne.
Ich schreibe, mein Allerliebster Du, ich küsse Dich glattweg überall.
Ich bekomme eine Ohrfeige, und noch eine. Ich werde aus der Hauptpost gestoßen. Auf meiner Mütze, auf meinem Mantel liegen lauter Papierstücke. Draußen klopfe ich mich ab.

Entkommen

Mein Gaumen ist glatt und fettig. Ich sitze auf der Liegewiese. Ich habe ein gegrilltes Huhn gegessen. Damit ich den Fettgeschmack loswerde, beiße ich in einen großen, saftigen Apfel. Der Apfel reinigt Rachenhöhle und Zähne.
Ein Junge bleibt vor mir stehen. Er blickt mich an. Er glotzt. Ich wende mich ab. Er schlägt einen Bogen um mich und steht wieder vor mir. Er sieht mich an und zählt mir die Happen in den Mund. Ich stoße mich mit den Füßen ab und drehe mich auf dem Sterz um mich selber. Er zieht seinen Kreis und hält vor meinem Apfel. Ich setze mich vor die Oktobereiche. Das Gesicht dem Stamm zugewandt, esse ich weiter. Der Junge steht hinter der Eiche und lugt einmal rechts, einmal links hervor.
Ich gehe. Er läuft mir nach. Sein Trippeln verfolgt mich durch den Park, durch das Tor und quer über die Straße.
Ich laufe.
Er läuft.
Ich fange zu schwitzen an und bleibe stehen. Der Junge geht um mich herum, springt mich an, hängt sich in meinen Bart. Er schaukelt. Er lacht. Ich versuche, ihn abzustreifen. Er läßt los. Ich biege in eine Nebenstraße ein. Er ist mir auf den Fersen. Er stellt mir ein Bein. Ich stürze. Er wartet. Ich rapple mich wieder auf.
Wir traben weiter. Er hält sich an meinem Jackett fest. Ich ziehe ihn.
Eine Frau hinter einem Obstkarren ruft, Äpfel, Birnen, Hasenköpfe, Gute Luise. Ich halte mich an dem Karren fest. Der Junge stößt mich gegen die Deichsel. Die Frau sagt, soll ich den Hund losmachen? Der Hund ist ein Terrier. Er bleckt die Zähne. Seine Schnauze ist gekräuselt. Ich wehre ab. Der Junge schiebt mich zwischen sich und den Hund. Ich sage, Junge, wenn zwei sich streiten, freut sich doch ein Dritter. Daraufhin sagt er zu mir, andere Länder, andere Sitten. Die Obstfrau lacht. Ihr Bauch hüpft. Der Junge lacht

mit. Sie schenkt ihm einen Apfel. Ich reiße mich los. Der Apfel hat ihn überrumpelt. Ich gewinne einen Vorsprung. Ich überquere einen beschrankten Bahnübergang. Ein Zug pfeift. Ich laufe an einem Biergarten vorbei. Die Gäste erheben sich von den Gartenstühlen. Sie rufen, schneller, schneller, schneller.

Die Straßen im Neubauviertel sind noch nicht gewalzt. Der Junge muß auf der Höhe des Biergartens sein. Ich höre die Gäste wieder rufen, schneller, schneller.

Ich sehe eine offene Tür und schlüpfe hinein. Ich ziehe von innen fest zu. Im Hausflur riecht es nach Braten. Im Heizungskeller ducke ich mich. Ich wälze mich aus der Sichtweite des Fensters. Ich bin durch und durch naß geschwitzt. In meinem Hals klopft es.

Die Grude vor dem Haus knirscht unter Schuhen. Die Kellertür klemmt. Zwei Uniformierte heben mich auf. Sie nehmen mich in ihre Mitte. Im Hausflur steht eine junge Frau mit einer zischelnden Pfanne in der Hand. Der Junge hält sich an der Schürze der Frau fest und sagt, Mutti, da haben sie ihn.

Doppelte Kletterweiche

Zwei Männer legen ein Geleise im Wald. Das Geleise gehört der Forst- und Feldbahn und dient dem Transport von Klafterholz. Die Joche sind zwei Meter lang und wiegen bei sechzig Zentimeter Spurweite achtzehn Kilogramm das laufende Meter.

Die Männer legen ein fliegendes Geleise mit vielen Abzweigungen, die in ein Stammgeleise einmünden. Über die Abzweigungen legen sie doppelte Kletterweichen, das heißt leichte abnehmbare Schienenbrücken.

Der ältere der beiden Männer legt die Joche aus und verbindet sie miteinander. Der jüngere der beiden Männer reicht ihm die Joche vom Wagen. Er fährt dem älteren auf jede eben gelegte Joche nach und reicht ihm die nächste vom Wagen.

Der Wagen ist aus Stahl und mit Puffern, Zughaken und einer Hebelbremse versehen. Mit dem Wagen wird später das Klafterholz transportiert.

Der Ältere legt eine Abzweigung. Der Jüngere reicht ihm eine doppelte Kletterweiche. Dem Winkel von hundertfünfzig Grad steht ein Baumstubben im Wege.

Der Ältere sagt, habe ich es dir nicht gesagt?

Der Jüngere sagt, mir nicht.

Der Ältere sagt, ich habe es doch vorausgesagt.

Der Jüngere sagt, was?

Der Ältere sagt, ich habe es genauso kommen sehen.

Der Jüngere sagt, wieso?

Der Ältere sagt, verstelle dich jetzt nicht. Du mußt zugeben, daß es genauso gekommen ist, wie ich es vorausgesagt habe.

Der Jüngere sagt, gar nichts gebe ich zu.

Der Ältere sagt, gestehe, du willst nicht wahrhaben, daß meine Vermutungen eingetroffen sind.

Der Jüngere sagt, was soll ich gestehen?

Der Ältere sagt, ich will, daß du zugibst. Es ist doch genauso gekommen, wie ich es vorausgesagt habe – oder etwa nicht?

Der Jüngere sagt, du hast überhaupt nichts vorausgesagt. Wozu auch? Du brauchst die Abzweigung bloß vorzuverlegen.

Der Ältere sagt, ich lasse mir keine Vorschriften machen. Ich bin seit siebenundzwanzig Jahren bei der Forst- und Feldbahn beschäftigt, aber damit habe ich nicht gerechnet, daß mich so ein junger Kerl zu überfahren droht.

Der Jüngere sitzt auf dem Wagen und sagt, da siehst du, wie es um deine Vorahnungen steht.

Der Ältere löst die Handbremse. Der Wagen kommt ins Rollen. Der Jüngere lacht. Er fährt jauchzend den Hang hinunter. Der Ältere ruft hinterher, und so was will bei der

Forst- und Feldbahn angestellt sein, und so was will mitreden.
Der Jüngere fährt schneller. Er schwenkt auf das Stammgeleise ein. Er biegt wieder ab. Er schlängelt sich auf dem Wagen sitzend zwischen Bäumen und Stubben hindurch. Er hört den Älteren aus dem Wald rufen, und so was will was von doppelten Kletterweichen verstehen. Der Jüngere fährt jetzt sehr schnell. Der Wagen verpaßt eine doppelte Kletterweiche und entgleist. Der Wagen kippt. Der Jüngere fällt. Er bleibt unter dem Wagen liegen.
Der ältere der beiden Männer kommt den Hang heruntergelaufen und sieht den jüngeren unter dem Wagen liegen.
Er sagt, genug, der Stärkere gibt nach.

Eis

Ein junger Mann geht durch eine Grünanlage. In einer Hand trägt er ein Eis. Er lutscht. Das Eis schmilzt. Das Eis rutscht an dem Stiel hin und her. Der junge Mann lutscht heftig, er bleibt vor einer Bank stehen. Auf der Bank sitzt ein Herr und liest eine Zeitung. Der junge Mann bleibt vor dem Herrn stehen und lutscht.
Der Herr sieht von seiner Zeitung auf. Das Eis fällt in den Sand.
Der junge Mann sagt, was denken Sie jetzt von mir?
Der Herr sagt erstaunt, ich? Von ihnen? Gar nichts.
Der junge Mann zeigt auf das Eis und sagt, mir ist doch eben das Eis runtergefallen, haben Sie da nicht gedacht, so ein Trottel?
Der Herr sagt, aber nein. Das habe ich nicht gedacht. Es kann schließlich jedem einmal das Eis runterfallen.
Der junge Mann sagt, ach so, ich tue Ihnen leid. Sie brauchen mich nicht zu trösten. Sie denken wohl, ich kann mir kein zweites Eis kaufen. Sie halten mich für einen Habenichts.

Der Herr faltet seine Zeitung zusammen. Er sagt, junger Mann, warum regen Sie sich auf? Meinetwegen können Sie soviel Eis essen, wie Sie wollen. Machen Sie überhaupt, was Sie wollen. Er faltet die Zeitung wieder auseinander.
Der junge Mann tritt von einem Fuß auf den anderen. Er sagt, das ist es eben. Ich mache, was ich will. Mich nageln Sie nicht fest. Ich mache genau, was ich will. Was sagen Sie dazu?
Der Herr liest wieder in der Zeitung.
Der junge Mann sagt laut, jetzt verachten Sie mich. Bloß, weil ich mache, was ich will. Ich bin kein Duckmäuser. Was denken Sie jetzt von mir?
Der Herr ist böse.
Er sagt, lassen Sie mich in Ruhe. Gehen Sie weiter. Ihre Mutter hätte Sie öfter verhauen sollen. Das denke ich jetzt von Ihnen.
Der junge Mann lächelt. Er sagt, da haben Sie recht.
Der Herr steht auf und geht.
Der junge Mann läuft hinterher und hält ihn am Ärmel fest. Er sagt hastig, aber meine Mutter war ja viel zu weich. Glauben Sie mir, sie konnte mir nichts abschlagen. Wenn ich nach Hause kam, sagte sie zu mir, mein Prinzchen, du bist schon wieder so schmutzig. Ich sagte, die anderen haben nach mir geworfen. Darauf sie, du sollst dich deiner Haut wehren. Laß dir nicht alles gefallen. Dann ich, ich habe angefangen. Darauf sie, pfui, das hast du nicht nötig. Der Stärkere braucht nicht anzufangen.
Dann ich, ich habe gar nicht angefangen. Die anderen haben gespuckt. Darauf sie, wenn du nicht lernst, dich durchzusetzen, weiß ich nicht, was aus dir werden soll. Stellen Sie sich vor, sie hat mich gefragt, was willst du denn mal werden, wenn du groß bist? Neger, habe ich gesagt. Darauf sie, wie ungezogen du wieder bist.
Der Herr hat sich losgemacht.
Der junge Mann ruft, da habe ich ihr was in den Tee getan. Was denken Sie jetzt?

Schlittenfahren

Das Eigenheim steht in einem Garten. Der Garten ist groß. Durch den Garten fließt ein Bach. Im Garten stehen zwei Kinder. Das eine der Kinder kann noch nicht sprechen. Das andere Kind ist größer. Sie sitzen auf einem Schlitten. Das kleinere Kind weint. Das größere sagt, gib den Schlitten her. Das kleinere weint. Es schreit.

Aus dem Haus tritt ein Mann. Er sagt, wer brüllt, kommt rein. Er geht in das Haus zurück. Die Tür fällt hinter ihm zu.

Das kleinere Kind schreit.

Der Mann erscheint wieder in der Haustür. Er sagt, komm rein. Na wirds bald. Du kommst rein. Nix. Wer brüllt, kommt rein. Komm rein.

Der Mann geht hinein. Die Tür klappt.

Das kleinere Kind hält die Schnur des Schlittens fest. Es schluchzt.

Der Mann öffnet die Haustür. Er sagt, du darfst Schlitten fahren, aber nicht brüllen. Wer brüllt, kommt rein. Ja. Ja. Jaaa. Schluß jetzt.

Das größere Kind sagt, Andreas will immer allein fahren.

Der Mann sagt, wer brüllt, kommt rein. Ob er nun Andreas heißt oder sonstwie.

Er macht die Tür zu.

Das größere Kind nimmt dem kleineren den Schlitten weg.

Das kleinere Kind schluchzt, quietscht, jault, quengelt.

Der Mann tritt aus dem Haus. Das größere Kind gibt dem kleineren den Schlitten zurück. Das kleinere Kind setzt sich auf den Schlitten. Es rodelt.

Der Mann sieht in den Himmel. Der Himmel ist blau. Die Sonne ist groß und rot. Es ist kalt.

Der Mann pfeift laut. Er geht wieder ins Haus zurück. Er macht die Tür hinter sich zu.

Das größere Kind ruft, Vati, Vati, Vati, Andreas gibt den Schlitten nicht mehr her.

Die Haustür geht auf. Der Mann steckt den Kopf heraus. Er sagt, wer brüllt, kommt rein. Die Tür geht zu.
Das größere Kind ruft, Vati, Vativativati, Vaaatiii, jetzt ist Andreas in den Bach gefallen.
Die Haustür öffnet sich einen Spalt breit. Eine Männerstimme ruft, wie oft soll ich das noch sagen, wer brüllt, kommt rein.

1967–1968

Aufenthalt in einem irren Haus

Berenike ist weg

Berenike ist weg.
Herr Schäfer sagt, wenn diese Person, die Zeit ihres Lebens keinen festen Wohnsitz hatte, verschwunden ist, wundert Sie das?
Ich sage, sie ist dreiundzwanzig Jahre alt und hat vier Kinder.
Herr Schäfer sagt, traurig genug.
Herr Schäfer ist als Sozialarbeiter beim Magistrat angestellt.

Vom Küchenfenster aus kann ich den Park überblicken. Schieferdächer und dahinter das nagelneue Grün der Parkbäume.

Berenike ist weg.
Ich habe sie nicht gekannt. Was ich von ihr weiß, habe ich von anderen. Den einen Nachmittag lang, den ich mit ihr zusammen war, hat sie von Andreas gesprochen.
Er ist gutherzig aber träge, hat sie gesagt, wenn man ihn nicht antippt, vergißt er, sich zu bewegen. Vielleicht ist er bloß verträumt, habe ich gesagt, und macht sich lebhafte Vorstellungen.
Naturwissenschaftler, hat sie gesagt, haben keine Fantasie.
Damals war Berenike im achten Monat und hatte ein Seidenkleid an, rostrot wie ihre Haare.

Die Eichen werden als letzte grün. Hartes Zeug wächst langsam.

Berenike treibt sich rum.
Berenike geht abends heimlich tanzen.
Berenike stiehlt im Warenhaus Armbänder und Ketten, obwohl sie schon mehr als dreißig zu Hause hat.
Berenike vernachlässigt ihre Kinder.
Wer Berenike noch was borgt, ist selber schuld.

Wer hat noch nicht seinen Namen ändern wollen. Berenike heißt in Wirklichkeit Veronika, Siegbringerin. Veronika hat sich Berenike genannt, weil sie nicht Vroni heißen wollte, wie der Wärter sie genannt hat.
Von Stalin bis Sarasani heißt keiner, wie wir ihn nennen.

Mein Vater hatte in Ostpreußen ein Rittergut, hat sie gesagt, alles, was wir behalten haben, ist das silberne Besteck.
Sie hatte gar keinen Vater, hast du behauptet, und das silberne Besteck hat sich ihre Mutter irgendwo auf der Flucht unter den Nagel gerissen.
Warum sollen sie kein Rittergut gehabt haben, habe ich gesagt, vielleicht ist sie deswegen so hinter Kleidern und Schmuck her.
Hinter den Armbändern ist sie her, hast du gesagt, weil sie so etwas nie besessen hat.
Und wenn schon, habe ich gesagt, du gönnst es ihr wohl nicht?
Auch der ärmste Adel, hast du gesagt, zieht nicht in den Osten einer Stadt.

Heute früh bin ich endgültig in die Küche gezogen. Auch bei Geschichten, die drängen, hole ich mir vorher eine frische Tischdecke.

Berenikes Mutter heißt Clara. Clara wohnt im Osten der Stadt, wo es am dreckigsten ist. Clara hat gesagt, wenn Berenike nicht da ist, wird hier nichts gekocht außer Kaffee.

Von denen, die ich gekannt habe, die Berenike gekannt haben, konnte sie keiner leiden. Ihre Mutter vielleicht, als sie dann weg war.
Clara wohnt im Osten der Stadt, wo es am billigsten ist.

Andreas' Mutter heißt Martha. Ihr Sohn ist tot.

Wenn er sich schon das Leben genommen haben soll, hast du gesagt, kann er nicht so einfallslos gewesen sein. Der Gashahn, habe ich gesagt, gehörte ja schließlich in sein Fach. Ich glaube nicht an diesen Selbstmord, hast du gesagt, umsonst ist Berenike nicht weg. Alles Berenike in die Schuhe schieben, habe ich gesagt, immer Berenike.

Das Land, aus dem Andreas kommt, nennt sich kapitalistisch. In Wirklichkeit ist es unterentwickelt und eine Kolonie, die nicht viel mehr als Rohstoffe liefert.

Du warst sein bester Freund.

Herr Schäfer betreut die ausländischen Studenten, zu denen ihr beide gehört habt. Herr Schäfer hatte Andreas zum Sozialamt bestellt.

Sie sind Ausländer und wollen hier heiraten, hat Herr Schäfer gesagt, ein guter Freund, ein Landsmann von Ihnen hat uns im Auftrag Ihrer Mutter gebeten, über das Mädchen Erkundigungen einzuziehen. Ich lebe hier schon seit zwei Jahren, hat Andreas gesagt, und ich kann mich selber erkundigen. Sie kennen die Verhältnisse nicht, hat Herr Schäfer gesagt, und es tut uns leid, Ihnen mitteilen zu müssen, daß Ihre Verlobte vorbestraft ist. Sie ist wegen »Warenhausdiebstahl in wiederholten Fällen« zu einem Jahr Gefängnis verurteilt worden.

Der gute Freund warst du.

Allerdings hat man Ihre Verlobte schon nach einem halben Jahr entlassen, hat Herr Schäfer gesagt, auf Bewährung sozusagen. Sie hat sich jede Woche auf ihrem zuständigen Polizeirevier zu melden. Sie hat anzugeben, wo sie wohnt, wo sie arbeitet, wohin die Reise geht, wenn sie in Urlaub fahren sollte. Das hat sie mir alles erzählt, hat Andreas gesagt. Soweit uns bekannt ist, hat Herr Schäfer gesagt, hat Ihr Freund schon einen längeren Brief an Ihre Frau Mutter geschrieben. Vielleicht warten Sie lieber eine Nachricht von Zuhause ab, bevor Sie sich endgültig entschließen.

Du kanntest die Verhältnisse ebensowenig wie Andreas.
Aber du kanntest seine Mutter.
Du warst sein bester Freund.

Das Land aus dem Berenike kommt, nennt sich sozialistisch. In Wirklichkeit haben die Oberen dem Volk das Volkseigentum schon lange wieder weggenommen, und auf den Messen ist der größte Stern nicht rot, sondern von Mercedes.

Berenike hätte aus Veronika auch Vera machen können. Das kommt von »Vera Ikon« und heißt Glaubensbild. Ob sie nun Berenike oder Veronika oder Vera heißt, sie ist weder eine Siegbringerin noch ein Glaubensbild.

Ich bin auf der Suche nach Berenike, vom Küchenfenster aus. Jeder kommt überall mal vorbei. Ich trage ihre Haut zu Markte, stückchenweise.

Martha kommt.
Der Magistrat läßt sie durch Herrn Schäfer vom Flugzeug abholen. Ihre Bewirtung gleicht einem Staatsempfang. Sie ist eingeladen worden, sie wird umhegt, ihr wird ein ständiger Begleiter zugeteilt. Martha hatte darum gebeten, Andreas' Kinder mitnehmen zu dürfen. Die Kinder sind seit vier Wochen in einem Fürsorgeheim untergebracht. Obwohl

Kinder so leicht nicht ins Ausland gegeben werden, hat der Magistrat ihrem Antrag freudig zugestimmt.
Martha ist da.

Martha sagt, ich habe mit meiner Schwiegertochter noch nie was im Sinn gehabt, aber brauche ich nicht wenigstens ihre Erlaubnis?
Herr Schäfer sagt, das erübrigt sich in diesem Falle. Martha sagt, verstehen Sie mich recht, sie könnte ja später Ansprüche stellen.
Herr Schäfer sagt, sie wird Ihnen nicht dazwischenfunken, die Kinder werden ihre Mutter nie kennenlernen.
Martha sagt, so wäre es mir am liebsten, trotzdem möchte ich darüber mit Berenike selber sprechen.
Herr Schäfer sagt, das geht leider nicht. Es bestehen einige Verdachtsmomente.
Martha sagt, es würde mir nichts ausmachen, sie dennoch zu besuchen.
Herr Schäfer sagt, ich glaube nicht, daß sie Besuch empfangen kann.

Andreas hatte kurz nach seiner Heirat das Studium abgebrochen. Andreas und Berenike hatten heimlich das Land verlassen und sind zu seinen Eltern gefahren. Andreas ist nicht arbeiten gegangen, weil seine Mutter ihn um sich haben wollte. Berenike ist in eine Schuhfabrik gegangen, obwohl sie die Sprache nicht verstand. Berenike hat wieder gestohlen, Schuhe und Handtaschen, Uhrenarmbänder und Hundeleinen. Berenike ist immer in anderen Umständen gewesen. Andreas und Berenike sind wieder zurückgekommen und sind zu ihrer Mutter gefahren. Andreas hat sich wieder immatrikulieren lassen, weil Martha wollte, daß er weiterstudierte.

Du sagst, bei allem Hin und Her sehe ich nicht ein, warum er sich das Leben genommen haben soll.

Ich sage, laß dich erstmal von zwei Frauen so hin- und herziehen, vielleicht denkst du dann anders darüber.

Jedes Jahr ein Kind.
Andreas ist immer seltener aufgestanden, um ins Institut zu gehen. Als du noch mit ihm in demselben Zimmer gewohnt hast, bist du jeden Morgen mit ihm zu seinen Vorlesungen gegangen. Du hast ihn geweckt, du hast ihm ein sauberes Taschentuch herausgesucht, du hast ihm die Mappe gepackt, du bist mit ihm in sein Institut gefahren, obwohl du selber ganz was anderes studiert hast. Erinnerst du dich an seinen braunen Anzug mit den feinen Nadelstreifen? Die weiten Hosen galten damals als altmodisch. Später hast du ihn noch immer täglich zu seiner Haltestelle begleitet, bis er geheiratet hat. Du sagst, Berenike hat sich nicht richtig um ihn gekümmert.
Berenike hatte vier Kinder.

Der Arzt hat nicht gesagt, wann es passiert ist. Die Kinder haben friedlich geschlafen. Der Arzt hat für Andreas keine Obduktion beantragt, also scheint es sich doch eindeutig um eine Gasvergiftung gehandelt zu haben.

Martha ist da.
Außerdem bitte ich darum, hat sie gesagt, daß mir als Mutter die ärztlichen Befunde und Gutachten gezeigt werden. Wenn es soweit ist, hat Herr Schäfer gesagt, wird Ihnen alles zugeschickt. Und wenn es Verdachtsmomente gegen Berenike gibt, hat Martha gesagt, müßte es ja zum Prozeß kommen; ich will dabei sein. Das fällt nicht in mein Ressort, hat Herr Schäfer gesagt.
Martha sind vier Ausreisevisa und die Kinder übergeben worden.
Heruntergekommen sehen sie nicht aus, hat sie gesagt. Wir sind ein Sozialstaat, hat Herr Schäfer gesagt. Wenn sie vor vier Wochen noch ganz verwahrlost waren, hat Martha

gesagt, lassen sie sich dann so schnell aufpäppeln? Bei unseren Anstrengungen ist alles möglich, hat Herr Schäfer gesagt. Geben Sie mir sicherheitshalber die Adresse von Berenikes Mutter, hat Martha gesagt. Dazu bin ich nicht befugt, hat Herr Schäfer gesagt.
Martha war da.

Andreas lag in der Küche, mit dem Kopf zum Gasherd. Die Kinder haben friedlich geschlafen, das kann an dem ausströmenden Gas gelegen haben. Aber warum hat dann Herr Schäfer zu Martha gesagt, die Kinder seien mutterseelenallein im Haus herumgegeistert? Um Berenike Kindesvernachlässigung zu unterschieben? Um Berenikes Verschwinden zu erklären? Die Kinder sind sofort in ein Heim eingewiesen worden.

Nein, darin hast du recht, Berenike hat Andreas nicht bemuttert.

Puppentheater

Berenike anziehen ihr die Haare färben und die Redensarten
ihr einen dicken Bauch andichten ihr Ketten umhängen ihr
den Vater abschreiben ihr die Mutter ankreiden sie ausstaffieren sie wieder ausziehen ihre Haut zu Markte tragen
Affentheater

Berenikes Mutter heißt Clara.
Clara schreibt an den Magistrat, z. H. Herrn Schäfer. Sie schreibt Sütterlinschrift. Für Sütterlinschrift ist Herr Schäfer zu jung. Claras Brief geht von Hand zu Hand. Am meisten müssen die Kollegen über das alte Schluß-Es lachen. Clara will Berenike widder ze Haus haben. Berenike, schreibt sie, hat Tbc, geschloßne Tbc, aber die Kapseln springen veleicht widder uff. Anstatt Kapseln liest Herr Schäfer »Royfulu«. Er liest den Satz immer wieder laut vor, bloß um für das Wort

Kapseln »Royfulu« einzusetzen. Herr Schäfer hat Psychologie studiert, im Abendstudium. Er hat selber Kinder.

Berenike sieht aus wie die Münchner Veronika, nur, daß sie immer Ketten umhängen hat. Ihre Mutter dagegen sieht eher aus wie die Veronika des Meisters von Flémalle, hunderte von Löckchen unter dem Kopftuch verborgen. Du sagst, alles, was ich im Zusammenhang mit Berenike hervorkrame, sei spekulativ. Den Meister von Flémalle hat es nie gegeben. Ich sage, aber das Bild gibt es.

Clara kommt.
Sie schreit Herrn Schäfer an, ich habe ja keinen blassen Schimmer, wo das Kind steckt. Herr Schäfer sagt, »Kind« ist gelinde ausgedrückt. Herr Schäfer weiß auch nicht, wo Berenike steckt.
Clara war da.

Es war keine Kleinigkeit, Andreas' Sarg über die verschiedenen Grenzen zu schaffen. Kein Zöllner, der ihn nicht schon von weitem gerochen hat. Die Fluggesellschaften hatten glatt abgelehnt, als sie hörten, wie lang die Geschichte sich schon hinzog. Also kam nur die gekoppelte Bahn-Schiffsreise in Frage. Dann stand die Kiste nochmal bei dreißig Grad Hitze auf dem Wriezener Bahnhof herum, weil die Ausfuhrgenehmigung zwar abgestempelt, aber nicht unterschrieben war.
Ich weiß, auf dein Bitten hin hat man die Fracht drei Tage später in einen Waggon der Interfrigo geschoben. Ich habe für Andreas getan, was ich konnte, sagst du. Ja, als er tot war, sage ich.

Clara kriegt Besuch.
Rechts am Ostbahnhof vorbei, und dann immer geradeaus. Keine Sträucher oder Blumengärten vor den Häusern. Die Sonne knallt auf den Fahrdamm und mir ins Gesicht. Geblendet und nochmals geblendet von den Scheiben, versuche

ich, die Hausnummern zu entziffern. Lichtüberschwemmung, und kein Ende abzusehen. So früh am Tag, und die Straße brennt lichterloh.
Clara kriegt Besuch.

Du sagst, wenn Berenike nicht unter Verdacht stände, wäre sie nicht spurlos verschwunden.
Ich sage, man hat sie verschwinden lassen, damit sie nicht ins Reden kommt.

Herr und Frau Wipperfürth haben Berenike auf der Treppe getroffen, als sie an jenem Abend nach Hause kam. Berenike hat den geblümten Glockenrock und die seidene Bluse angehabt. Sie hatte mindestens fünf Ketten um, sagen Wipperfürths, und war angeheitert. Sie ist ganz kurz in ihrer Wohnung gewesen, hat Andreas gefunden und ist gleich zu uns raufgekommen, sagen Wipperfürths, weil sie wußte, daß wir noch wach waren.

Clara kriegt Besuch.
Erster Hof, zweiter Hof, dritter Hof. Clara wohnt auf den vierten Hof hinaus. Aber was geht über eine Küche, die nach Kaffee riecht? Clara hat sich eine Kittelschürze über den zerknautschten Unterrock gezogen. Sie dreht an einer Kaffeemühle. Das erste Jahr ihrer Ehe haben Andreas und Berenike bei Clara gewohnt. Nachdem sie aus dem Ausland zurückgekommen sind, haben sie nochmal ein Jahr bei Clara gewohnt. Dann hat Berenike eine Wohnung besorgt, weil das vierte Kind unterwegs war.
Clara kriegt Besuch.

Berenike hat einmal gesagt, in meiner Gegenwart wird kein Name abgekürzt. Das bißchen, was man hat, soll nicht verstümmelt werden. Martha hat die Kinder sofort umbenannt. Richard heißt bei ihr Rikki, Barbara heißt Babs, Annamaria heißt Anni, und Johannes heißt einfach Jon.

Clara hat Besuch.
Wenn Clara Kaffee mahlt, zählt sie bis hundertzwanzig. Sie sagt, so, jetzt können Sie mir erzählen, was Sie wollen. Ich sage, ich suche Ihre Tochter. Wo ist Berenike? Sie sagt, das geht Sie gar nichts an, wer sind Sie denn? Ich sage, ich habe mal mit ihr zusammen gearbeitet. Sie sagt, Berenike hat nicht oft gearbeitet. Ich sage, ich habe sie durch einen Freund von Andreas kennengelernt. Sie sagt, dann ist er sicher kein Freund von Berenike gewesen. Ich sage, doch, ja, ich selbst betrachte mich als Freundin von Berenike.
Clara platzt vor Lachen. Ihr Kopf ist voller Locken, rot und grau meliert, die bei jeder ihrer Bewegungen tänzeln und wippen. Anscheinend hat Berenike nie eine Freundin gehabt.
Sie sagt, Berenike ist weg, und ich habe keine Ahnung, wo sie sein könnte. Ich sage, ist Berenike Ihr einziges Kind? Sie sagt, die zwei anderen habe ich verloren. Alles, was ich organisieren konnte, habe ich Berenike zugesteckt. Aber ich konnte ranschaffen, was ich wollte, sie hat nie genug gekriegt. Sie ist ein Luder und immer undankbar gewesen. Noch als sie mit Andreas zusammen hier gewohnt hat, hat sie in seiner Gegenwart zu mir gesagt, was du Organisieren nennst, ist die reinste Hurerei gewesen; du bist auf allen Vieren durch ganz Polen gekrochen, und immer ein Mann hinten dran. Das ist Berenike. Ich sage, wo kann sie denn hingeraten sein? Sie sagt, ich weiß es doch nicht. Plötzlich fängt sie an zu heulen, ach, ich Schlampe, ich bin so liederlich, daß ich mein letztes Kind verbummelt habe, ich habe nicht richtig auf sie aufgepaßt.
Clara hatte Besuch.

Als alle Bescheinigungen zusammen waren, ist Andreas mit Laken, Kopfkissen und Zudecke in eine Art Tiefkühltruhe umgebettet worden. Auch als die Kiste schon verplombt war, ist sie noch durch die Hände vieler Beamten gegangen. Und dann war in dem Jahr bei Andreas zu Hause der

Sommer ausgefallen. Die steinhart gefrorene Erde sträubte sich gegen jeden Spatenstich. Die Totengräber verlangten nicht nur mehr Zeit, sondern auch viel mehr Branntwein als sonst. Schließlich griffen sie zu kleinen Sprengsätzen.
Außer dir und Martha war niemand auf dem Friedhof. Die Kinder, sagst du, hatte sie wohlweislich zu Hause gelassen. Sie scheint sie adoptieren zu wollen, sage ich, auch ohne Berenikes Einverständnis. Es ist besser, sagst du, wenn sie gar nicht erst anfangen zu fragen.

Damals ist Berenike schon ein halbes Jahr vor ihrer Strafverbüßung entlassen worden.
Ihre Mutter hat sie nicht gerade begeistert empfangen. Da stimmt doch was nicht, hat Clara gesagt, Bewährung bedeutet für solche wie dich, irgendeine Dreckarbeit machen zu müssen. Dir paßt wohl nicht, daß ich nach Hause komme, hat Berenike gesagt. Ich hätte nichts dagegen gehabt, hat Clara gesagt, wenn du das halbe Jahr noch dringeblieben wärst. Du kannst ja für mich reingehen, hat Berenike gesagt, und dich von jedem Arschloch anfassen und Vroni rufen lassen. Ich traue dem Frieden nicht, hat Clara gesagt, was du ihnen auch versprochen hast, sie werden dir das Fell über die Ohren ziehen. Lieb Kind machst du dich sowieso nicht mehr.
Berenike hat, außer wegen Warenhausdiebstahl, nie mehr vor Gericht gestanden. Sie stand unter Bewährung.

Bewährung,
im Strafrecht, ein vom Gericht festgesetzter Zeitraum, in dem der Verurteilte durch gute Führung erreichen kann, daß der Vollzug einer zunächst ausgesetzten Freiheitsstrafe erlassen wird. Es kann ihm ein Bewährungshelfer beigegeben werden, der die Lebensführung des Verurteilten überwacht.

Den Kaffee hat Clara in Emailletassen angeboten, sage ich, aber weißt du, was sie zum Umrühren hingelegt hat? Schwere, silberne Teelöffel. Auf den Teelöffeln habe ich ihre Initialen entdeckt, und die Gravur war tatsächlich alt. Zwischen einem silbernen Besteck und einem Rittergut, sagst du, besteht ein himmelweiter Unterschied, und alle Flüchtlinge behaupten, Teppiche im Kuhstall gehabt zu haben.

Wer hat nicht schon seinen Namen ändern wollen.

Also los, was haben sie von dir verlangt, hat Clara gesagt. Ich soll wieder regelmäßig in den Korso-Keller gehen, hat Berenike gesagt, und ein paar Leute beobachten. Sie haben mir extra Fotos mitgegeben. Ah, du sollst schnüffeln, hat Clara gesagt, jetzt verstehe ich. Clara läuft rot an und traktiert Berenike mit Backpfeifen. Sie schreit, du bist wohl von allen guten Geistern verlassen, du dämliches Stück. Herrgottnochmal, das habe ich geahnt, daß sie dich verscherbeln wollen. Umsonst lassen sie dich nicht laufen, umsonst schenken sie dir das halbe Jahr nicht, und Bewährung ist immernoch Leinenzwang. Damit du es weißt, du kannst dich jetzt überhaupt nicht mehr öffentlich verteidigen, wenn du mal was angestellt hast. Egal, was ich unterschrieben habe, sagt Berenike, wenn mir einer was in die Schuhe schieben will, dann packe ich aus. Bevor du nur den Mund aufmachst, sagt Clara, sind dir schon die Hammelaugen rausgefallen. Aber weißt du was, sagt Berenike, sie haben mir sogar einen Decknamen gegeben. Ich soll mich am Telefon immer mit »Anneliese« melden. Ausgerechnet Anneliese, sagt Clara, und beide müssen lachen.

Wer hat nicht schon seinen Namen ändern müssen.

alles Einbildung
verschwinden wie Berenike wie vom Erdboden verschluckt

weggehen einfach nicht mehr da sein sich in Rauch auflösen dann sich versteckt gehalten in Erscheinung treten wieviele drehen sich erst nach dir um wenn du weg bist dennoch ist kein Verschwinden mit Berenikes wortlosem Abschied zu vergleichen in Gewahrsam genommen zu werden und immer wieder auf und davon wollen
alles Einbildung

Vielleicht ist sie im Arbeitshaus gelandet, sagst du, wegen Kindesvernachlässigung. Vielleicht hätte sie im Zusammenhang mit Andreas' Tod allerhand zur Sprache gebracht, sage ich. Vielleicht hat man sie wegen Arbeitsscheu eingewiesen, sagst du. Ich denke, sie steht unter Verdacht, was hätte sie dann im Arbeitshaus zu suchen? sage ich. Ist das kein Grund, sie zu verdächtigen, sagst du, wenn sie auf einmal spurlos verschwunden ist.

Den einen Nachmittag, den ich mit Berenike verbracht habe, hat sie von Andreas gesprochen. Er wäscht sich nicht mal, hat sie gesagt, wenn ich ihm nicht die Füße wasche, selber kommt er nicht darauf. Bevor er das Land verließ, habe ich gesagt, hat ihn seine Mutter wahrscheinlich immer gewaschen. Ich bin nicht seine Mutter, hat sie gesagt, er ist sechsundzwanzig Jahre alt. Muttersöhne haben kein Alter, habe ich gesagt. Ich habe sowieso keine Lust, immer Waschfrau zu spielen, hat sie gesagt, das war vor hundert Jahren.
Berenike hat so ungern Wäsche gewaschen wie Andreas sich die Füße. Wenn jemand gewaschen hat, dann war es Clara.

Arbeitshaus,
Besserungs- und Sicherungsanstalt. Nach § 42 StGB kann das Gericht anordnen, daß die wegen Landstreicherei, Bettelns, gewerbsmäßiger Unzucht, Verwahrlosung u. a. zu Haftstrafe Verurteilten in einem Arbeitshaus unterzubringen sind, um sie zur Arbeit anzuhalten und an ein geordnetes

Leben zu gewöhnen. Die Unterbringung darf nicht länger als zwei, bei wiederholter Einweisung vier Jahre dauern.

Berenike hat, außer wegen Warenhausdiebstahls, nie mehr vor Gericht gestanden. Sie stand unter Bewährung.

Daß ich mich an Andreas schlecht erinnere, daß ich Berenike kaum kenne, daß ich Clara nie gesehen habe, daß Martha mir das Haus eingerannt hat und ich ihr nicht zugehört habe, daß Berenike ihre Kinder vernachlässigt haben soll – ich war nicht dabei.

Berenike ist weg.

1969

Palisaden oder Aufenthalt in einem irren Haus

Die Vögel zwitschern. Sie trällern, flöten, zetern, schreien. Schwester Margret sagt, wir belauschen sie freudig, denn sie sind dem Leben zugewandt.
Die Krähen dazwischen.
Schwester Margret geht durch den Schlafsaal. Sie klatscht mehrmals hintereinander in die Hände und ruft, und auf! und hoch! wacht auf jetzt!
Um fünf Uhr früh aufstehen.
Sich dem Leben zuwenden.

nein nein bitte keine Spritze von der ich steif werde die Spritzen sind um mich steif zu machen nein nein bloß keine Spritze die mich steif macht

Zuerst drängeln wir uns zu sechst um das Waschbecken. Hedwig wäscht sich später. Sie zieht die Spanische Wand hinter dem Medikamentenschrank hervor und stellt sie sorgfältig um das Waschbecken herum auf. Die Spanische Wand ist so niedrig, daß alle sehen können, wie sie sich mit dem Waschlappen flüchtig in die Achselhöhlen tupft.

Kalenderwort zum 22. April.
»Gott widersteht den Hochmütigen, den Demütigen gibt er Gnade.«

Unsere Nachthemden sind grobgewebt und weiß. Sie sind vorne geknöpft und hinten offen. Wenn wir uns das Gesicht waschen, halten wir mit einer Hand die Hemden über dem Gesäß zusammen.

ah Sie sind aus Berlin mein Bräutigam ist auch aus Berlin ich habe einen Bräutigam in Berlin im Augenblick habe ich ihn aus den Augen verloren ich habe ihn verloren so wie ich meine Handtasche verloren habe mit allen Papieren darin als ich nicht mehr wußte was los ist ich habe ja nicht mehr gewußt was los ist da habe ich meine Tasche verloren und den Bräutigam er wartet auf mich in Berlin sicher treffen wir uns dort alle einmal

<table><tr><td>warten
warten
warten
warten
warten
warten
warten
warten
warten
warten
warten
warten
warten
warten
warten
warten
warten
warten
warten
warten</td><td>Aufstehen. Sich anziehen. Das Bett machen. Die Tische decken. Um fünf Uhr aufstehen. Von sieben bis acht Uhr auf das Frühstück warten. Auf das Brot, auf die Butter warten. Auf den Morgenkaffee, grau und dünn wie seidene Strümpfe, auf die Morgenmilch warten. Vom Wetter reden, von den Blumen, den Bäumen im Park. Warten. Auf die nächste Mahlzeit warten. Auf den Arzt, die Tablette, den Spaziergang warten. Auf das Abendbrot warten, auf die Nacht. Immer auf die Nacht warten.</td><td>warten
warten
warten
warten
warten
warten
warten
warten
warten
warten
warten
warten
warten
warten
warten
warten
warten
warten
warten
warten</td></tr></table>

Keine Streichhölzer haben dürfen. Keine Schere haben dürfen. Keine Nagelfeile haben dürfen. Bevor du kamst, habe ich mir die Nägel mit Sandpapier gefeilt, und das noch unter Aufsicht. Die Toilettentür nicht hinter sich schließen dürfen. Sich tagsüber nicht hinlegen dürfen. Umhergehen. Sich bewegen. Stricken, Schreiben.

Die Geschichte mit den Blue Jeans ist nicht der Rede wert.
Ich sage, Schwester Margret, geben Sie mir meine Blue Jeans heraus. Ich kann nicht jeden Tag in dem rosanen Kleid gehen. Schwester Margret sagt, das kommt überhaupt nicht in Frage, daß Sie hier mit Blue Jeans gehen. Das schickt sich nicht. Außerdem sind Ihre Blue Jeans schmutzig, wir aber halten auf Sauberkeit. Ich sage, meine Blue Jeans sind nicht schmutzig, sie sind nur verwaschen. Bitte, geben Sie sie mir doch. Schwester Margret sagt, ich habe die Blue Jeans eingeschlossen, und das bleiben sie auch, bis Sie die Anstalt verlassen. Ich sage, wenn ich die Blue Jeans nicht bekomme, breche ich den Schrank auf. Schwester Margret sagt, das werden Sie nicht tun, in Ihrem eigenen Interesse. Sollten Sie bis jetzt nicht gehorchen gelernt haben, dann lernen Sie es hier.
Ich spucke Schwester Margret vor die Füße.
Sie lacht und sagt, regen Sie sich nicht auf, es ist nicht der Rede wert. Das rosane Kleid ist doch sehr hübsch. Keine hat hier so ein hübsches Kleid. Ich sage, das Kleid ist mir zu schade für diesen Käfig.

Kalenderwort zum 23. April.
»Seid aller menschlichen Ordnung untertan um des Herrn Willen.«

Stricken. Tagtäglich stricken. Ich stricke nicht. Ich schreibe. Mir ist erlaubt worden zu schreiben. Ich stricke nicht. Du strickst. Sie strickt. Die und die strickt. Ihr strickt. Sie stricken. Rechts links. Rechts links. Links. Links. Links.

Zwei. Drei. Vier. In gerader Linie um die Kurve. Das Ganze kehrt um. Marsch. Marsch. Stillgestanden. Nicht aus der Reihe tanzen. Eine Armee aus Schlaufen rührt sich. Die Bajonette sind die Nadeln. Deshalb werden sie wohl abends weggeschlossen, damit sich niemand verletzt.

Die Glocken läuten.
Alle Glocken läuten und die Kuhglocken dazu.
Und der Gong der uns ruft.
Und die Glocke bimmelt die uns abmeldet.
Irgendeinen jeden einmal irgendwann.

Wo hast du die Ohrringe her? Genau solche Ohrringe hatte meine Mutter. Weg damit. Mach sie raus. Her damit.
Ich schreie.
Immanuela hängt sich an meine Ohren. Sie zieht, läßt nicht los.
Ich brülle. Ich schlage zu. Sie fällt hin. Ich falle neben sie. Meine Ohrläppchen werden heiß und schwellen an.

Von Amadeus Mozart die Konzertarie »Schon lacht der holde Frühling«. An dem Tag hast du mir zur Besuchszeit Fleisch mitgebracht anstatt Blumen. Trockenes Bündner Fleisch. Ißt du denn hier nicht richtig? Nein, den Fraß esse ich nicht. Aber das Fleisch, das du mitgebracht hast, habe ich mir in den Mund gestopft, kaum daß du wegwarst. Fleisch. Fleisch essen. Wenn du wiederkommst, bring mir Fleisch mit und Obst. Keine Blumen.
Köchelverzeichnis 580 »Schon lacht der holde Frühling«.
Bitte, beteiligen Sie sich doch ein einziges Mal an unseren Arbeiten. Haben Sie denn gar kein Interesse daran, Ihren Mitmenschen zu helfen?
Jetzt nicht aufhören zu schreiben.
Schnittmuster für Babywäsche gehen von Hand zu Hand. Und Rundstricknadeln. Babykleider für die armen, geistesverwirrten, unglücklichen, werdenden Mütter.

Haben Sie denn gar kein Herz, kein Mitleid für andere?
Wo käme ich hin, wollte ich auch noch anfangen zu stricken. Ich werde mich hüten. Was gehen mich werdende Mütter an, ob sie nun den Verstand verloren haben oder nicht.
Blödsinn, laß das mit dem Fleisch. Ich komme raus. Am nächsten Besuchstag bin ich draußen. Dann gehen wir Fleisch essen und trinken. Dann gehen wir mit einer Flasche Wodka auf eine Wiese ohne Zaun. Nichts tun. Nur so dasitzen. Dösen. Sich weit weg denken.
Sinnieren Sie nicht. Entweder Sie schreiben oder Sie stricken.
Bloß keine Blumen. Fleisch.
»Schon lacht der holde Frühling.«

Ich brauche aus meinem Koffer ein sauberes Hemd. Ich sage, Schwester Margret, erlauben Sie mir, ein sauberes Hemd anzuziehen. Schwester Margret sagt, Ihre Sachen sind nicht gezeichnet, folglich dürfen Sie sie nicht benutzen. Zeichnen Sie Ihre Hemden, zeichnen Sie alle Ihre Sachen, ebenso Puderdose, Zahnbürste und Zahnpasta. Dann dürfen Sie auch an alles ran. Ich sage, so lange bleibe ich nicht, daß es sich für mich lohnen würde, alle meine Sachen zu zeichnen. Sie sagt, dann brauchen Sie auch kein neues Hemd.

Vollkommen selig sein. Nach einem kurzen Ausflug in den Himmel, aus allen Wolken gefallen und hier gelandet. In einem Haus, das aus langen Gängen besteht. Warum ich weggehen wollte, hast du nie begriffen. Soviel Irrtümer. Soviel Verzerrungen. Soviel falsche Aussagen. Und der Druck im Hals, als ich dich wiedergesehen habe. Zwischen uns eine Wand aus dickem, sauberem Glas. Ach, nie wieder zuhören, wenn du sprichst. Denn es reicht nicht heran.

Kalenderwort zum 24. April.
»Ihr Sklaven, seid mit aller Furcht euren Herren untertan,

nicht nur den guten und freundlichen, sondern auch den verkehrten.«

Haha.
Pscht.

Es ist totenstill. Da fängt das Fräulein Doktor an, lesen zu üben. Das Fräulein Doktor nimmt Schauspielunterricht im Selbststudium. – e – i – ei – a – i – ai – o – i – oi –.
An Besuchstagen wird das Fräulein Doktor oft von zwei älteren Herren besucht. Der eine von ihnen nennt sie Mademoiselle, während der andere sie Signorina ruft. In Wirklichkeit heißt das Fräulein Doktor Gerda. Gerda muß einen Schlaganfall erlitten haben. Ihr rechtes Bein ist gelähmt. Ihr rechtes Auge ist geschlossen, während das linke normal ist. Mit diesem linken, offenen Auge lächelt sie. Weint sie jedoch, rinnen die Tränen aus ihrem rechten, geschlossenen Auge. Auf unseren Spaziergängen im Park bittet uns Schwester Margret, Gerdas Rollstuhl zu schieben. Es fällt mir nicht im Traum ein, den Rollstuhl zu schieben, erst recht nicht bergauf. Ich gehe neben Gerda her und biete ihr eine Zigarette an. Wir rauchen zusammen, und ihr linkes Auge lächelt.
Ich sage, Gerda, warum bist du eigentlich hier? Gerda sagt, mir sind plötzlich alle Bekannten gestorben, so plötzlich, um mich herum alle gestorben, hintereinander weg. Ich sage, ich zum Beispiel habe Schlaftabletten geschluckt, zu wenig, wie du siehst. Gerda lacht. Schwester Margret sagt, ich muß Sie bitten, das Thema zu wechseln. Es interessiert hier niemanden, warum jemand bei uns ist. Ich sage, warum hören mir dann alle so fleißig zu? Schwester Margret sagt, weil es was mit draußen zu tun hat. Aber wir haben hier aus gutem Grund die Aufgabe, durch fröhlich-entspanntes Verhalten, Heiterkeit aufeinander auszuströmen. Ich sage, da müßten Sie sich aber noch sehr ändern.

Auf einmal fängt Gerda an, mit dem rechten, geschlossenen Auge zu weinen.
Schwester Margret sagt zu mir, bitte, das haben Sie davon. Dann sagt sie, nicht weinen, hier wird nicht geweint. Aufhören zu weinen! Sofort aufhören zu weinen!
Schwester Margret befürchtet, Gerda könne uns anstecken. Sie übernimmt den Rollstuhl. Ich biete Gerda noch eine Zigarette an.
Auf dem Hügel treffen wir die Männerabteilung. Die Männer stellen uns Bänke hin. Sie reichen uns die Hände und sagen Guten Tag. Wir sprechen mit ihnen über das Wetter, die Blumen, den Geruch der frischen Birkenzweige. Gerda unterhält sich gern mit den Männern. Sie ist nett zu ihnen. Ich lasse mich die Böschung hinuntergleiten und bleibe im Gras liegen.
Wie ruhig es ist.

Nicht über unsere Krankheiten sprechen dürfen.
Niemandem sagen dürfen, warum wir hier sind.
Es von den anderen nicht erfahren.
Nirgends so gut verdrängen lernen wie hier.

Christa sagt, sie habe den Israelischen Blitzkrieg vorhergesehen. Und ihrem Onkel hätte sie ins Steuer gegriffen, weil er nicht zuhören kann. Ich frage sie, warum sie vom Balkon gesprungen sei. Sie meint, wegen des Vietnamkriegs. Christa sagt, ich solle unter keinen Umständen mit ihrem Arzt darüber sprechen. Ich sage, was geht mich dein Arzt an. Sie sagt, und das Fernsehen ist auch korrumpiert. Das Fernsehen in der Schweiz lügt. Deshalb bin ich hingegangen und habe sie gebeten, das ein für allemal sein zu lassen. Ich habe sie aufgefordert, zu uns überzulaufen. Ich sage, wer hat dich denn hierher gebracht? Sie sagt, meine Mutter, sie ist geschieden und hat wieder geheiratet. Sie und ihr neuer Mann belügen sich auch. Ich habe sie gebeten, das nicht mehr zu tun, aber sie haben alles abgestritten und mich hierher gebracht. Ich sage, du gehst doch noch in die Schule. Sie sagt, ja, ich bin sechzehn, und jetzt versäume ich so viel. Ich sage, wenn du rauskommst, kannst du weiterlernen. Christa sagt, aber sage es nicht meinem Arzt, sie wollten mich in der Schule nämlich nicht mehr haben. Ich habe den Lehrer angefleht, sich auf unsere Seite zu stellen, da ist er zu meiner Mutter gegangen und hat gesagt, erstens sei ich gefährdet, zweitens habe sich ein junges Mädchen wie ich nicht mit Politik zu befassen. Ich sage, laß dich doch nicht verrückt machen damit, daß alle lügen. Du mußt verstehen lernen, warum die Menschen das tun. Kannst du dir nicht Bücher besorgen, in denen drinsteht, warum sie lügen, warum sich niemand für Vietnam interessiert, warum du dich nicht mit Politik befassen sollst. Christa sagt, ich habe keine solchen Bücher. Ich sage, ich gebe dir welche. Solange ich hier bin, kann ich auch mit dir über Politik sprechen. Und pfeife doch auf deinen Onkel, das Fernsehen, den Lehrer und auf deine Mutter. Christa sagt, sie sind doch aber alle so gut zu mir, und ich bin auch im Kinderchor.

Schreiben dürfen, also schreiben, auf Teufel komm raus. Nicht aufhören zu schreiben, sonst stricken müssen. Nichts mehr zu schreiben haben, nichts mehr mitzuteilen. Nur die Tätigkeit gilt. Die Darstellung des Schreibens. Die Handhabung des Bleistiftes. Die Buchstaben gelten, die Worte, die beschriebenen Seiten. Fortfahren. Weiterschreiben. Nicht aufhören. Kopf hoch. Schwester Margret sagt, wenn Sie nicht schreiben, dann stricken Sie bitte. Sie werden doch noch Topflappen stricken können, oder? Nicht das Heft zuklappen. Nicht die Arme hängen lassen. Nicht den Kopf aufstützen. Ich kann nicht stricken. Ich werde bald entlassen, vielleicht morgen schon. Wozu noch stricken lernen?
Den Kalender hernehmen. Den Kalender für das Reformierte Schweizer-Haus lesen. Kalenderworte abschreiben. Hauptsache: schreiben.

Kacke.

Schwester Margret wirft mir ein Knäuel Wolle aufs Schreibheft. Und hier ein Paar Nadeln. Im Falle des Falles, daß Sie aufhören sollten zu schreiben. Müssen es unbedingt Topflappen sein, obwohl ich nie einen Kochtopf anfasse? Ich habe Sie aber schon essen sehen, nicht zuletzt Heißgekochtes.
Stricken? Nie, niemals. Um keinen Preis aufhören zu schreiben. Dann lieber nicht mehr essen. Gar nicht mehr essen. Schreiben. Schreiben.

da dort da fliegt er stößt an die Decke wie ein Brummer fliegt herum der Engel kreist unter der Decke der Ärmste friert weil er nicht richtig angezogen ist immer schleppt er die große Palme hinter sich her den schweren Baum auf der Schulter kreist er unter der Decke stößt an wirft Schatten der Stamm wirft Schatten der Engel möchte sich ausruhen darf nicht liegen sich nicht hinlegen fliegt fliegt darf sich nicht ausruhen daß uns der Stamm nicht auf den Kopf fällt trägt er ihn auf der Schulter mit sich herum wenn der Engel schwitzt regnet es

Schwester Margret hat ein schwarzes Kleid an, aus Baumwollsatin. Sie hat eine weiße Schürze um, die nach Chlor riecht und sich anfaßt wie Packpapier. Sie sitzt am Radio und strickt.
Es ist schlimm genug, wenn vergessen wird, dem Wild Salz hinzulegen.
Anita, auch du stellst abends deine Blumen auf den Gang hinaus.
Hört ihr, hundertundsieben Personen mit dem Flugzeug über Japan abgestürzt.
Das ist ein entzückender Strampelanzug, hast du ihn in hellblau fertiggekriegt, schaffst du ihn auch in rosa hinterher.

Für diese Handschuhchen nimmst du Nadelgröße zwei, sonst werden sie zu locker, und das Würmchen friert. Immanuela, wo hast du die Kette her? Ihr wißt, daß ihr keine Ketten haben dürft. Mach sie gleich ab, ihr könntet irgendwo hängen bleiben.
Alle Handarbeiten abliefern, wir gehen jetzt in den Park. Es fehlen noch einige Nadeln, daß mir niemand seine Nadeln zurückbehält.
Die Nadeln werden eingeschlossen. Schwester Margret hockt sich vor die Kredenz und verstaut die Handarbeiten. Sie trägt Pantoletten, bei denen vorne ihre Zehnägel herausschauen.

Das Mobile an der Decke besteht aus fünf halben Walnußschalen. Jede von ihnen trägt zwei winzige Segel. Fünf kleine Boote schwingen unter der Decke hin und her. Sie tänzeln im Durchzug. Ich sehe den Booten zu, wie sie schlingern und sich drehen.

Täglich halten wir uns drei Stunden am Vormittag und drei Stunden am Nachmittag im Gemeinschaftsraum auf. Handgewebte Decken auf den Tischen, grüne handgewebte Kissen auf den Stühlen, die Stehlampe hat einen gefalteten Schirm, mit handgewebtem Stoff bespannt.
Der Fußboden im Gemeinschaftsraum ist mit Teppichfliesen ausgelegt. Die Fenster sind vergittert und aus bräunlichem Glas. Mit dem Gittermuster zusammen stellen die bräunlichen Scheiben Butzenscheiben dar. In die verschiedenen Gitterkaros sind Bilder aus farbigem Glas eingelassen. Bunte Vögel, am Rande bunter Nester sitzend. Gitter. Haha. Gitter. Weil ich nicht aufhören darf zu schreiben. Deswegen. Weiter. Weiterschreiben. Nicht nachlassen.

Irgendwo ist immer noch ein Quadratzentimeter Krempel, den ich noch nicht erwähnt habe.
Bevor ich es vergesse, der Kalender für das Reformierte

Schweizer-Haus hängt am Geschirrschrank. Ja, ja. Wenn mir nichts anderes einfällt, schreibe ich Kalenderworte ab. Auf keinen Fall den Kopf auf die Arme, auf das Schreibheft, auf den Tisch sinken lassen. Ich habe Kopfschmerzen. Ich bitte darum, mich hinlegen zu dürfen. Tagsüber wird sich nicht hingelegt. Wer sich hinlegt, wird verführt zu Grübeleien. Zu was anderem kann er hier auch nicht verführt werden. Bewegung, frische Luft. Sie werden sehen, wie schnell die Kopfschmerzen verflogen sind.

Der Arzt sagt, hier haben Sie ein Blatt Papier, nun schreiben Sie schön Ihren Lebenslauf. Ich sage, ich will mich bei Ihnen doch nicht bewerben. Er sagt, jeder liefert bei uns seinen Lebenslauf ab. Ich sage, ich habe leider keinen. Er sagt, nanu, in Ihrem Alter keinen Lebenslauf? Ich sage, ich habe ihn um die Ecke gebracht. Er sagt, dann holen Sie ihn doch wieder hervor. Ich sage, ich bin wie neugeboren. Der Arzt sagt, wissen Sie, eigentlich wollte ich Konzertgeiger werden.

Im Rundfunk Walzermelodien, dann Händel, dann stellt Schwester Margret den Kasten ab, dann herrscht Schweigen. Bitte, bitte, etwas mehr Händel. Hat etwa jemand was dagegen, daß wir den Kasten abstellen? Es hört ja sowieso keiner zu, oder? Leckt mich doch am Arsch, dann eben kein Händel mehr. Nadelklappern. Gerda übt lesen. – o – i – oi – a – u – au –. Au au au au au. Keine Launen bitte, keine Wut, keine Zornesausbrüche. Wer tobt, bleibt länger drin. Entmündigt sein. Gerne entmündigt sein. Lachen, schäkern, witzeln, tanzen, springen. Sich umarmen. Mit Schwester Margret schmusen. Gackern, kichern, Heiterkeit ausströmen. Hihi. Schwester Margret sagt, zusammenpacken, wir gehen in den Garten Federball spielen. Oh Gott, ich danke dir, daß mir dieser Traum noch erfüllt werden soll. Federball spielen. Sie sind ja dermaßen blasiert. Ihnen ist einfach keine Freude zu bereiten. Was wollen Sie eigentlich? Raten Sie mal. Raus. Raus will ich. Dann können wir weiterreden.

Warum nicht aufhören zu schreiben. Warum denn nicht stricken. Haben sie mich schon so weit? In diesem Laden sind sogar die Badetücher handgestrickt, gestrickt aus feinstem Baumwollgarn. Welch ein Luxus. Gestrickte Badetücher. Wer kann sich das heute noch leisten. Und warum nicht Waschlappen stricken, mit roten und blauen Anhängern. Jeder von uns bekommt zwei gestrickte Waschlappen, der mit dem roten Anhänger ist für oberhalb des Bauchnabels, der mit dem blauen Anhänger ist für unterhalb. Aber bitte die Spanische Wand aufstellen. Ich verlange ein Wannenbad. Schwester Margret sagt, ich kann es nicht versprechen. Ich sage, Sie haben es mir aber versprochen. Sie sagt, wir werden sehen. Sie dürfen mich morgen noch einmal daran erinnern. Im übrigen können Sie sich im Schlafsaal waschen. Sie können sich ganz und gar und überall waschen. Doch vergessen Sie nicht, die Spanische Wand aufzustellen.

Sofia hatte Besuch. Ihre Cousine war da.
Die Cousine hat ihr einen großen Strauß Tulpen mitgebracht. Die Tulpen sind rot und gelb. Sie sind schon weit offen. Auf den fetten Stielen thronen fette Kelche.
Sofia hat gesagt, bitte, mach dir keine Gedanken mehr um mich. Ich habe einen reizenden Fensterplatz. Es geht mir sehr gut hier. Sieh ihn dir einmal an. Ich fühle mich sehr geborgen, immer hatte ich von einem solchen Fensterplatz geträumt. Nein, nein. Zu Hause hatte ich nie einen so schönen Fensterplatz. Ach, diese leuchtenden Blumen, nimm wieder mit. Was soll ich auf meiner langen Reise mit Blumen anfangen? Sie werden mir nur verwelken. Stelle sie zu Hause in eine Vase für mich. Du brauchst dir keine Sorgen mehr um mich zu machen. Ich bin gut aufgehoben. Mit einem so herrlichen Fensterplatz hatte ich gar nicht gerechnet, als ich eingestiegen bin. Und jetzt, meine Liebe, mußt du gehen.

Die Cousine hat gesagt, wir haben doch noch zwei, drei Minuten Zeit. Warum soll ich denn schon gehen?
Sofia hat gesagt, aber deine Zeit, deine kostbare. Und der Zug fährt ja auch gleich ab. Geh nun, ich möchte mich wieder an meinen Fensterplatz setzen. Ist er nicht schön?
Die Cousine hat gesagt, na, dann auf Wiedersehen.
Sofia hat gesagt, warum?
Die Cousine hat gesagt, aber wir wollen doch die Hoffnung nicht aufgeben.
Sofia hat gesagt, welche?
Vor der Cousine auf dem Tisch haben die Tulpen gelegen.
Sofia ist in den Schlafsaal gegangen und hat sich ans Fenster gesetzt.

Abends hängen wir unsere Kleider über Stühle. Jeder hängt seine Kleider wohlgeordnet über einen Stuhl. Dann tragen wir die Stühle mit unseren Kleidern auf den Gang und stellen sie vor dem Eingang zu unserer Abteilung in Reih und Glied auf. Um zwanzig Uhr wird die Tür zum Gang abgeschlossen. Nachtruhe. Wer etwas in seinen Taschen vergessen hat, kann es morgen holen. Jetzt wird geschlafen.

Ein kompliziert angelegtes, aber symmetrisch erbautes Haus mit eingeschlossenen Gärten und einem von scharf angespitzten Palisaden umgebenen Park. Innen wird das Haus von seinen Gängen, breiter werdende, schmaler werdende, steigende, abfallende, und außen von verzweigten Gärten und dem Park beherrscht. Stockwerke und Gänge sind durch elektrisch und nach geheimen Zahlensystemen funktionierende Schiebetüren getrennt.
Draußen liegt das zur Anstalt gehörende Gehöft mit Melkmaschinen, Jauchewagen, Schweinen und Kühen. Wie das klappert, stinkt, läutet, bimmelt.
Und auf dem Vesperbrot keine Butter. Trocken Brot macht Wangen rot.

Daß wir bei Nacht ja nicht an unsere Kleider rankönnen. Aber wo ist denn der Ausgang. Um welche Ecke? Und wie weit? Und wie lange? Und die Zahlen, um die Türen zu öffnen? Und wozu überhaupt? Die lassen mich noch von ganz alleine frei. Die sind noch froh, wenn ich gehe.

na was
das Recht zu lieben
das Recht Angst zu haben
das Recht sich aus dem Staub zu machen
das Recht auf alles zu scheißen
das Recht bei sich selber zu sein
mit sich ins Reine zu kommen
bei sich zu Hause zu sein
wo sonst
das Recht zuzuschlagen
das Recht Leuten oder sich selbst den Hals umzudrehen
das Recht gut zu sein
das Recht zu lieben
was sonst

Rückseite des Kalenderblattes vom 1. Mai.
»Vor welch großer Entscheidung steht die christliche Frau von heute. In der modernen Gesellschaftsordnung ist die Frau dem Mann bald in jeder Beziehung gleichgestellt. Damit hat sich in ihrem Leben automatisch vieles vom Inneren auf das Äußere verlagert. Das widerspricht der schöpfungsmäßigen Bestimmung der Frau. Die harte männliche Welt verlangt den Ausgleich durch einen sanftmütigen und stillen Geist. Diesen Geist hat die Frau, und sie hat ein Zeichen aufzurichten gegen alle Veräußerlichung des Lebens, von der wir durch Reklame, die Modeströmungen, die sogenannte öffentliche Meinung bedroht sind.«

So nun wollen wir Abwechslung genießen.
In den Park gehen.

Auf die Anhöhe wo die Männerabteilung Karten spielt.
Und raucht und würfelt und auf und ab geht.
Und uns begrüßt und uns Bänke hinstellt.
Wo wir Ringelreihen tanzen uns Gummibälle zuwerfen und Seilspringen.
Ich lege mich weit weg ins Gras.
Wenn mich jemand anspricht, sage ich,
verschwinde, laß mich in Frieden.
Und spucke ihn an.

Ein Schwarm ganz weißer Tauben trippelt über die grüne Wiese.
Schwester Margret ruft, seht ihr denn nicht, seht ihr denn nicht, wie schön das ist?
Sie jauchzt laut auf. Verstört fliegen die Tauben davon.

1968

Monolog eines Buchhändlers

wie überleben?
wie die Geschichten überleben und die Lehren
aus der Geschichte?
wie die schwarzen Zähne überleben,
gezogen oder verfault?
wie Abreise und Heimkehr überleben
und deren Wiederholbarkeit?
wie die Himmelangst überleben, im letzten
Augenblick und kurz vor Toresschluß
aus Müdigkeit einfach zu bleiben?
wie überleben?

Will das denn gar nicht mehr aufhören, das Rattern, das Klopfen? Immerzu drückt jemand auf die Klinke oder haut mit dem ganzen Körper gegen die Tür, obwohl alles abgeschlossen, zugesperrt, verriegelt ist. Ja, abgeschlossen! Ich will niemanden sehen und auch niemanden hören. Trotzdem wird permanent versucht, hier einzudringen, meinen Laden zu stürmen, zwischen meinen Regalen und den Büchern herumzuwühlen. Nein, das sind nicht die, auf deren Erscheinen ich mich vorbereite – und sei es durch meinen stillen Fortgang – es handelt sich eindeutig um ehemalige Kunden, die nach mir rufen und durch die versperrte Tür auf mich einreden. Als wäre eine verriegelte Tür nicht Antwort genug! Entweder ist der Bewohner nicht da, oder er möchte seine Ruhe haben. Dabei wünsche ich mir sehnsüchtig einen Gesprächspartner, einen, der zuhört, mir auf die Sprünge hilft – aber darauf kann ich lange warten. Die Kunden stören nur, räsonieren, wollen nichts als bedient werden. Gewiß stehen die Bücher zum Verkauf aus – bis gestern jedenfalls war es so. Und bis gestern war ich auch bereit zu laufen, zu klettern, zu entstauben, zu beraten, zu kassieren, einzuwikkeln oder alles wieder einzusortieren. Wenn auch Klagen gekommen sind, hier herrsche ein undurchdringliches Durcheinander, ganz zu schweigen von der schlechten Luft und den Kehrrichthaufen unter den Tischen und Regalen: andererseits kann es so schlimm nicht gewesen sein, wenn sie mich jetzt belagern.

Soviel steht fest, ich habe euch ausgesperrt, um erst einmal mit mir zu Rate zu gehen, mich zu besinnen, mit mir ins Reine zu kommen – dann können wir weiterreden. Das heißt, wir könnten, wenn ich mich nicht entschlossen hätte, einem unangenehmen Besuch, den ich erwarte, auszuweichen, mich unbemerkt zu entfernen. Die Frage ist nur: wohin?

Heute den ganzen Tag überm Globus gestanden oder den Atlas durchgehechelt.

Wird es kalt sein oder heiß? Oder windig, staubig, drückend?

Es werden doch noch zwei Arten Kleidung in einen Koffer passen, einmal für kalte und einmal für heiße Tage.

Doch das Wetter liegt meistens dazwischen.
Ein Anzug, viermal, nein dreimal Unterwäsche, Strümpfe ...
Ich sollte lieber ein Paket Waschpulver einstecken.
... noch eine Hose, dazu zwei Pullover, zwei weiße Hemden und Bettzeug ...
Um Himmels Willen, das riecht sofort nach Obdachlosigkeit.
Lieber einen Schlafsack.
Schlafsack ist lächerlich.
Packen, packen, packen – ich werde noch wahnsinnig.
Aber ein Wahnsinniger hat erst recht Gründe, unangenehmen Besuchern auszuweichen.

Auch wenn ich die Abreise verschiebe, gibt es eigentlich nichts mehr zu reden, schon gar nicht über den Laden, der angeblich so verschmutzt ist. Kann gut sein, eines Tages wird er mir weggenommen oder die Pacht wird gekündigt. Verletzung der Ladenschlußgesetze, in meinem Fall der Öffnungszeiten! Ach, wo denke ich hin, mit dem Laden bin ich längst fertig. Ich muß Klarheit schaffen, die Gedanken ordnen, die mich verführen, verwirren, hin und her zerren. Trotzdem werde ich dabei das Gefühl nicht los, ich müsse mich fortstehlen, und zwar auf dem schnellsten Wege.
Im Augenblick bin ich in meiner Wohnung, die hinter dem Laden liegt und die ich genauso verrammelt habe wie das Geschäft. Nach vorne hin eine Barrikade aus Regalen und Büchern, nach hinten die versperrte Küchentür und dann die ebenfalls verschlossene und verstellte Tür zwischen Küche und Wohnzimmer. Alle Ausgänge verstopft! Eingeschlossen habe ich mich, sitze in einer Falle.
Ich gehe auf und ab und lausche. Nichts! Und doch! Ah, wie es mich warnt, auslacht, anfleht, vertreibt. Ja, vertreiben ist das richtige Wort. Ich selber vertreibe mich, jage mich davon. Und kaum habe ich meine Sachen gepackt, hält es mich wieder, zieht mich zurück.

wie den Haufen von Sachen überleben?
wie die Wohnung überleben, die Langetten,
die Tapete aus Schwamm?
wie den Fußschweiß und den Wurm im Bettfuß?
wie dieses Haus überleben und die lädierten
Geruchsverschlüsse
an den Kniescheiben seiner Rohre?
und warum nicht doch aufstehen,
alles liegenlassen und abreisen?
und wie diese Abreise überleben, im Bewußtsein,
daß sie endgültig ist?

Immer wieder packt er seine Koffer.
Immer wieder blättert er den Atlas durch.
Immer wieder bricht ihm der Schweiß aus.
Immer wieder sucht er seine Brieftasche.
Immer wieder hört er Stimmen.
Immer wieder zählt er seine Ersparnisse.
Immer wieder studiert er Fahrpläne.
Immer wieder faltet er seine Schlafdecke zusammen.
Immer wieder näht er lose Knöpfe an.
Immer wieder weiß er nicht wohin mit sich.
Immer wieder klappert er in Gedanken alte Freunde ab.
Immer wieder packt er die Koffer wieder um.

Womöglich mache ich mir ganz falsche Vorstellungen und habe keine bessere Erklärung beizubringen, als daß meine Gedanken schließlich irgendwo herkommen müssen. Auch aus der Luft Gegriffenes hat Ursachen und ist eben greifbar. Soviel steht fest, ich erwarte stündlich den Besuch einiger Herren, die gerade Zahlen bevorzugen und deren Auftritt auf eine verbissene und anstrengende Einstudierung schließen läßt, ähnlich zum Beispiel einer Revue. Nehmen wir nur das Hochschmeißen der Beine im Takt, dann stehen sie den Vorführdamen in nichts nach, und wenn sie das Fetzchen- und Streifenhafte der Tanzkostüme auch mit

mehreren Lagen wetterfestem Tuch ausgleichen, so haben sie doch denselben Sinn für Zierat, akkurat gesetzte Glanzpunkte, Pailletten und hervorragendes, metallisches Beiwerk.
Gekoppelt mit diesem Besuch erwarte ich letzte Anstöße, meine kleine Bastion, das heißt, meine Wohnung verlassen zu müssen, wenn ich mich nicht schon früher dazu entschließe, und sei es bei einem Wetter wie heute.

wie diesen Regen überleben, der die Fenster
mit Rittersporn verklebt,
der allen Schutt, den er aus den Baustellen vor meiner Türe ablädt,
und die gebrochenen Rohre verstopft?
wer ansetzt und trinkt,
hat grüne Rosen am Mund.
wie überleben?
wie diesen Regen überleben, der einsperrt
und das Gedächtnis aufklappt?
wie die Wolkenbrüche überleben,
die das Quartier einriegeln und mich,
der sich selber gefangen hält?

Wer dauernd Fahrpläne studiert, schafft es in keinen Zug.
Wer sich fortwährend auf seine Abreise vorbereitet, der will gar nicht weg.
Wer immerzu die Koffer umpackt, wird sein Gepäck nie außer Landes tragen.
Wer sich vorher alle Schrecken der Fremde ausmalt, der sitzt noch in seiner Stadt, wenn sie brennt.
Wer mehr als einen falschen Paß besitzt, der kann sich nicht entscheiden.
Wer Tag für Tag am Globus dreht, der findet die allernächste Grenzstation nicht.
Wer sich dauernd andere Münzen in den Gürtel näht, setzt keinen Fuß vor die Tür seines Hauses.

Wer jeden Weg vorausberechnet, dem bleiben die Uhren stehen.
Wer jeden Abend seine Stiefel einfettet, den überrascht das Unglück im eigenen Bett.

Als ich den Laden noch pünktlich offenhielt und sich eine Flut selbstsicherer, ja anmaßender Kunden auf die Bücherhaufen stürzte, mit eiligen Blicken all den gedruckten Krempel überflog und verwarf oder an sich riß, da habe ich inmitten meiner redseligen Käufer natürlich dieses und jenes Gespräch gehört. Oh nein, ich habe sie nicht belauscht, das hatte ich nicht nötig. Ich habe einfach im Vorübergehen etwas aufgefangen, aufgeschnappt – nicht, was sie im Schilde führten, eher ihre Wunschbilder, die mich dann auch beflügelt haben, sich übertrugen auf den kramenden, dienernden, beratenden Buchhändler, der ich war. Ach, wie haben mich die Respektlosigkeiten, der Mutwille, die heitere Tatkraft entzückt! Wie haben die rücksichtslosen, dafür fantasievollen Pläne mich veranlaßt, auch meinerseits mit allerlei Handreichungen am Fundament kratzen zu helfen! Viele Mäuse zerfressen ein Haus. Und nun halte ich den Atem an und übe mich in Schweigen und erwarte die, die mich abklopfen werden, ausforschen, durchleuchten.
Selten genug, daß ein nichtssagender Mann nichts sagt! Ja, ich warte, um dann den Mund zu halten, will andererseits weg, um nicht länger den Mund halten zu müssen, will wiederum bleiben, obwohl ich dann den Mund halten muß, will auf alle Fälle überleben, selbst auf die Gefahr hin, für immer den Mund halten zu müssen. Seit geraumer Weile fühle ich mich genauso wie damals, als ich im Schuppen zwischen Kaninchen und Kohlen auf die halbe 5 b gewartet habe. Es ist die Wiederholung, die mich durcheinanderbringt, mich festnagelt, mich puterrot werden läßt, die mich gefangenhält und am Ende noch verrückt macht.

Sukabumi, Herzogenrauch, Gotska Sandö, Inokaschira,

Strohgäu, Donggala, Rappahannock, Zwölffaxing, Theadelphia, Guaikuru, Neaepidauros, Hikawa, Würm, Swenigorad, Les Logesen-Josas, Thalheim, Irapuato, Wuhan, Ninguta, Madenburg, Yellowknife, Bom Jesus da Lapa, Awaschima, Torrowangee, Weinhübel, Barankaraschan

wie überleben?
wie diesen Tag überleben und den nächsten?
wie den lauten, schweigenden Tag überleben,
seine Transitvisa und Laufpässe?
wie die gelüfteten Hüte überleben und den Redner:
jetzt sind die Fronten klar?
wie das gestrichene Korn und den Zielfehler?
wie diesen Tag überleben
und das Schloß vorm Mund und die Köpfe
und die Feste, die noch fallen?

Nein, ich vergesse die Kaninchen nicht und schon gar nicht die Kohlen. Angefangen hat es auf dem alten Friedhof, gleich neben der Schule. Die Mauern stehen noch, die Gräber hatte man eingeebnet und mit Gras besät. Und dort spielten sie bei jeder Gelegenheit Völkerball. Mitten in der großen Pause verschwand der Ball. Ich hatte nicht mitgespielt, aber ich war damals nicht der Einzige, der an der alten Friedhofsmauer klebte und zuschaute. Der Ball kam herübergeflogen und tauchte im Gebüsch unter. Keine Minute später war Egon Kohlke hinterhergesprungen, die Zeit war knapp, er suchte, schon klingelte es zur nächsten Stunde. Ich rannte los, Egon Kohlke kam zu spät, wurde in die Ecke gestellt und zog dort und hinter dem Rücken des Lehrers wutschnaubende Grimassen. Der Ball war weg. Sie haben ihn auch nach der Schule nicht gefunden, und am nächsten Tag nahmen sie mich in die Mangel. Nein, ich hatte ihre rissige, kaum noch federnde Mauke nicht beiseite geschafft, aber ich wußte, wer es getan hatte und machte mich sofort verdächtig, weil ich rot anlief und zitterte und schwitzte. Ich hatte Klöße im Mund und leugnete nicht einmal. Ich schwieg einfach, auch unter Androhung von Klassenkeile, die sie auf den Nachmittag drei Uhr ansetzten. Sie versprachen, mich abzuholen, und ich, ich habe gewartet, wie jetzt. Gleich nach dem Essen bin ich rüber in den Schuppen. Anstatt die Beine in die Hand zu nehmen, habe ich mich eingenistet. Anstatt ihnen Hacke und Sichel entgegenzuhalten, habe ich die Kohlen umgestapelt und mich dahinter versteckt. Punkt drei Uhr fiel der Stapel zusammen. Als Erster kletterte Gerdchen Sommerlatte über die Halde. Zwischen seinen Fingern ragten vier Nägel hervor. Ja, er hielt den Knoten aus Nagelköpfen und Gummiband in seiner Faust. Dieser Stich- und Reißwaffe habe ich die Narbe über meiner linken Augenbraue zu verdanken. Gib den Ball heraus, schrie er, und die anderen fielen ein, gib den Ball heraus! Um ein Haar hätte ich gelacht, aber ich wollte den wirklichen Dieb nicht reizen, der aus gutem Grund am lautesten schrie. Was weiter im Schuppen geschah, spielt hier keine Rolle. Ich habe es mir gemerkt, und das genügt!

Inzwischen packt er die Koffer wieder aus.
Inzwischen döst er wieder und grübelt.
Inzwischen faltet er die Schlafdecke wieder auseinander.
Inzwischen geht der Tag zu Neige.
Inzwischen packt er die Hälfte der Sachen wieder in den Schrank.
Inzwischen legt er die Brieftasche wieder auf den Nachttisch.
Inzwischen dreht er wieder am Globus.
Inzwischen trägt er den kleineren Koffer auf den Hängeboden.
Inzwischen setzt er sich wieder und stiert in die Gegend.

wie die Ströme der Verschickten überleben?
der Ausgerückten, der Geschlagenen,
und derer, die nicht vom Fleck kommen?

wie die Freunde überleben,
wenn man den Verdacht nicht los wird,
sie seien vom fahrenden Zug abgesprungen?
wie überleben mit der Furcht,
sie würden absichtlich
jede Begegnung vermeiden?
und wie überleben mit der Furcht
sie überlebt zu haben?

Obwohl ich ganz alleine hier bin, tritt doch keinen Augenblick Ruhe ein. Ich bin eingekreist von Handwerkern, die die Fassade des Hauses renovieren. Den ganzen Tag stundenlanges, sehr hohes, sehr lautes Zischen, oder besser: Pfeifen. Grüne, gelbe und mehlig graue Zeltbahnen hängen um das Haus herum und verdunkeln die gepuderten Fenster. Still! Jetzt höre ich nichts mehr, keinen Ton. Als seien die Geräusche nie gewesen, als hätte ich mir alles nur eingebildet, als könne ich durch die dicken Vorhänge und Läden gar nichts hören. Tatsache ist, der alte Putz wird abgeschmirgelt, abgeschliffen, abgeschrubbt, abgebürstet, abgerieben, aufgewirbelt. Und direkt unter meinem Fenster hecheln Herr Falbe und die Metzgerin die Preise für die Fensterputzer durch. Oder war das gestern, als ich noch als Buchhändler in meinem Laden stand?
Zwanzig Mark die Stunde, und weil sie das Fenster schon in fünfzehn Minuten fertig haben, kommen sie auf achtzig Mark die Stunde, behauptet die Metzgerin. Bitte schön, das geht mich nichts mehr an. Für meine Fenster wird ein anderer zahlen müssen, wenn er sie blank haben will. Es ist nicht zu fassen, erst beklagt sie sich, und plötzlich verteidigt sie die Fensterputzer. Wer schwer arbeitet, sagt die Metzgerin, der kauft auch tüchtig Fleisch. Gewiß, aber keine Bücher. Sie ahnt nicht, daß ich ihr auf den Mund starre. Nein, mein Name taucht nicht auf. Es wäre mir lieb gewesen, die beiden von mir sprechen zu hören, auch wenn es nichts Vorteilhaftes gewesen wäre. Ach, wie schnell lassen sie einen

alten Buchhändler unter den Tisch fallen. Für sie bin ich schon nicht mehr da.

Und jetzt packt er wieder seine Koffer.
Und jetzt studiert er wieder den Atlas.
Und jetzt leidet er wieder unter Atemnot.
Und jetzt sucht er wieder seine Brieftasche.
Und jetzt hört er wieder Stimmen.
Und jetzt zählt er wieder seine Ersparnisse.
Und jetzt liest er wieder Fahrpläne.
Und jetzt faltet er seine Schlafdecke wieder auseinander.
Und jetzt lauscht er wieder auf irgendwas.

Andererseits kann das auch sein Gutes haben, wenn sie mich für abwesend halten. Fragt jemand nach mir, heißt es dann gleich, der ist schon seit längerer Zeit weg, den haben wir schon seit Tagen nicht mehr gesehen, weiß der Himmel, wo der Mann geblieben ist. So kann ich sie in die Irre führen und veranlassen, daß sie mich an einem Ort suchen, den ich noch gar nicht erreicht habe. Schließlich würde man von mir ablassen, weil ich, wie jeder nachrechnet, schon längst eine unserer Grenzen überschritten haben müßte. Das ist ein Lichtblick.
Zugegeben, ich habe nicht gelernt, mich zu gedulden. Ich kann nicht warten. Vielleicht möchte ich nur deshalb dem, was mich erwartet, was ich erwarte, zuvorkommen. Genug davon! Hauptsache, ich finde einen Weg, einen Ausweg.

wie überleben?
wie in den Innereien der Stadt
die Vehikel überleben, die eine Kurve
nach der anderen kratzen?
wie den Mephistowalzer der Verkehrsmittel überleben,
wie Blaulicht und Martinshorn?
wie das Flechtwerk toter Wurzeln
überleben unter den krepierten Alleen

Zeugen meiner Marathonläufe?
wie diese Stadt überleben?

Meine Kapitulation! Ich bereite also meine endgültige und letzte klägliche Kapitulation vor. Dennoch werde ich in der Stadt bleiben müssen, dieser lauten, ekelhaften, zermürbenden Stadt. Sie ist ein gleichermaßen geräumiges wie sicheres Versteck. Und was zwingt mich denn, Zeuge der Übergabe meiner kleinen verstaubten Festung zu werden? Wer neugierig ist, hat noch Hoffnung. Um diese Neugierde zu befriedigen, werde ich in der Stadt bleiben. So undurchführbar dürfte es nicht sein, von Zeit zu Zeit einen verstohlenen Blick auf meinen Laden zu werfen. Das setzt natürlich voraus, Abschied vom eigenen Gesicht zu nehmen. Und wie das? Keine Ahnung, auch diese Frage trifft mich unvorbereitet.

Immer wieder packt er seine Koffer.
Immer wieder blättert er den Atlas durch.
Immer wieder bricht ihm der Schweiß aus.
Immer wieder sucht er seine Brieftasche.
Immer wieder hat er seinen Paß verlegt.
Immer wieder hört er Stimmen.
Immer wieder studiert er Fahrpläne.
Immer wieder putzt er seine Schuhe.
Immer wieder klappert er in Gedanken alte Freunde und Verwandte ab.
Immer wieder packt er seine Koffer um.

Auch das habe ich nicht vergessen: das graue, schlechtgeheizte Lehrlingsheim, unsere Sprecher als rüde Gehilfen der Heimleitung und des Hausmeisters, kein Ausgang nach neun, und Licht aus um zehn. Trotzdem habe ich meine Kammer verteidigt, meinen Verhau, als sie mich rauswerfen wollten; ich habe alles blockiert und mich eingesperrt. Zu verdanken hatte ich den ganzen Aufwand dem Lehrmädchen, das mit mir bei demselben Buchhändler in die Lehre

ging, Gerda Weber. Nein, das ist nicht richtig. Wenn einer Schuld hatte, dann der Lehrherr selber.
Buchhändler Schaff hielt streng auf die Einhaltung zweier Vorschriften. Einmal (das galt den weiblichen Angestellten), hier wird nicht in langen Hosen bedient, sondern in Röcken! Zum anderen, während der Arbeit wird nicht gelesen! Gerda Weber hatte sich für ein Buch begeistert, das »Enzyklopädie der weiblichen Handarbeiten« hieß. Besessen von zwei kombinierten Alphabeten (die sogenannten äußeren Buchstaben, vollgefressene, aus dem Leim gegangene Lettern, und dazu ein Muster innerer Buchstaben, direkt aus dem Schraubstock gezogen), hatte sie in den öden Sommermonaten angefangen, Monogramme zu sticken. Egal, welche Paarung gewünscht wurde, die dicken und die dünnen Buchstaben ließen sich immer ineinanderfügen und verschlingen. Auf Gerdas Taschentüchern, Blusen und Söckchen, überall entflammten Balken, Ränder und Querstreifen – ein buntes Gekröse aus G und W, und alle fünf Minuten sprang Gerda auf und schlug in der Enzyklopädie nach.
Es dauerte nicht lange, und Buchhändler Schaff ließ die ganze Hauswirtschaft in die oberste Regalreihe verfrachten. Wenn Gerda hinaufkletterte, strich er unten um die Leiter herum. Ich ertrug das nicht und vertauschte die Anleitungen zum Hausfleiß oben mit der Philosophie unten, damit Gerda ihr Buch wieder in Augenhöhe hatte. Zweimal gabs heftigen Krach, beim dritten Mal machte Schaff seine Drohungen wahr und kündigte mir den Lehrvertrag wegen Ungehorsam und Aufsässigkeit. Damit verlor ich das Recht auf einen Platz im Lehrlingsheim.
Auf gutes Zureden habe ich noch nie reagiert. Es blieb ihnen nichts anderes übrig, als mit Stemmeisen und Enterhaken meine Zimmerbefestigungen einzureißen. Die ersten schweißnassen Gesichter blickten herein, und trotz meiner Angst mußte ich wieder lachen. Die Rache ist fürchterlich. Wie lange ist das alles her. Niemand hat mir beizeiten gesagt, daß Geschichte und Geschichten wiederholbar sind.

wie überleben?
wie die Geschichten überleben und die Lehren
aus der Geschichte?
wie die schwarzen Zähne überleben
gezogen oder verfault?
wie Abreise und Heimkehr überleben
und deren Wiederholbarkeit?
wie die Himmelangst überleben, im letzten
Augenblick und kurz vor Toresschluß
aus Müdigkeit einfach zu bleiben?
wie überleben?

Meine Frist ist abgelaufen. Ich rede nicht von einem öffentlichen Ultimatum, sondern von der Frist, die ich mir selber zugestanden habe. Der Tag ist gegangen, die Nacht ist vergangen. Auf den Wanderungen durch meine Wohnung gerate ich vor den Spiegel und jage mir Pläne durch den Kopf und werde von Einfällen herumgetrieben und verliere alles wieder aus den Augen. Ja, ich sollte mich hinlegen. Ausgeschlafen sein ist vielleicht nützlicher als Vorbereitungen zu treffen. Es muß die Neugierde sein, die mich daran hindert abzureisen, dieselbe Neugierde, die mich heute Nacht nicht schlafen ließ. Die Verblüffung möchte ich sehen, wenn sie auf meine Hürden, Barrieren und Hindernisse stoßen, wenn sie mit zierlichen Feuerwehrbeilen blinde, Rupfen und Häcksel spuckende Löcher ins Mobiliar schlagen.
Meine Vorbereitungen sprechen mich schuldig, werden sie behaupten. Und wenn schon. Die Straßenkehrer marschieren auf. Ihre grellen Schutz- und Wetterlätzchen irrlichtern am Haus entlang, und ich bin hundemüde und lasse mich lang hinfallen und bin unbelehrbar und wehre mich gegen meine Einbildungen und bleibe doch dabei, daß es ein schwerer Fehler ist, ausgerechnet jetzt schlafen zu gehen.

1975–1978

Ins Ochsenhorn tuten bei Nacht

Dunkelheit.
Und kein menschlicher Laut zu hören.

Ich halte Herrn Burcke meine Hand hin und sage, ich möchte mich verabschieden. Er läßt seine Hand ruhig runterhängen. Ich schiebe meine Hand weiter vor. In dem Moment, in dem ich seine rechte Hand zu fassen bekomme, läuft er rot an und sagt, diese Tour kenne ich. Wir sind noch nicht so weit. Ich sage, aber ich bin soweit, ich verzichte auf Ihre weitere Unterstützung. Er sagt, so sind die Journalisten – erst aufdringlich, dann abfällig. Ich sage, wenn hier jemand aufdringlich ist, dann sind Sie das. Er sagt, und wer hat eben mit Gewalt meine Hand genommen?

Ich bin ausgezogen, um zu erfahren, was sich hinter dem Wort – Nachtwächter – verbirgt und nicht, um das Gruseln zu lernen.

Ich gehe eine schlecht beleuchtete Landstraße entlang. Herr Burcke fährt neben mir her. Er ruft aus dem Wagen, Sie wissen ja gar nicht, wo Sie sind! Ich gehe ruhig weiter. Er fährt neben mir her und ruft, bis zu Ihnen nach Hause sind es rund vierzig Kilometer!
Ich steige wieder ein.

Dunkelheit.
Und kein Wohnhaus, kein Spaziergänger zu sehen.

Lagerhallen, Baracken, leere Parkplätze, Fabriken, Schrottablagen – wo fährt er denn jetzt wieder mit mir hin?

Herr Burcke ist Kontrolleur. Er hält und sagt, jetzt zeige ich Ihnen, wie man einen Wachmann kontrolliert. Er ruft aus dem Wagen, hallo! Herr Gallasch! Ein alter Mann tritt aus einer Toreinfahrt. Herr Burcke sagt, zeigen Sie bitte Ihre grüne Karte vor. Der Alte streckt ihm sein Ohr entgegen. Herr Burcke schreit, ich will mal Ihre grüne Karte sehen! Der Alte reicht ihm eine Karte. Herr Burcke sagt, die nicht, die ist ja weiß. Dann sagt er zu mir, den nehmen Sie lieber nicht auf, der ist fast taub. Ich sage, wie alt ist der Mann? Er sagt, er muß über achtzig sein.

Um Angriffe auf sein Leben abzuwenden, ist der Nachtwächter mit einem Gummiknüppel bewaffnet. Viele seiner Vorgesetzten jedoch tragen Schußwaffen. Obwohl das Tragen einer Schußwaffe gemeldet werden muß, sagt Herr Burcke, will die Direktion das gar nicht so genau wissen. Auch Herr Burcke hat eine Pistole. Er zeigt mir, wie schnell er ziehen kann. Er sagt, ich übe auf dem Schießplatz der Polizei. Seine Hand hinterläßt Feuchtigkeit auf der Waffe.

Eigentum verpflichtet zu Wachsamkeit.

Ob er seine Pistole zieht, ob er Auto fährt, ob er mit der Taschenlampe herumfuchtelt, immer sind Herr Burckes Hände gespreizt, immer stehen die Finger ab. Er hat mir weder Guten Tag gesagt, noch wollte er sich von mir verabschieden. Ich sage, warum wollten Sie mir vorhin nicht die Hand geben? Er antwortet nicht.

Ich, was ist eigentlich los mit Ihnen, haben Sie Angst vor Ihren Händen?

Er, vielleicht haben meine Hände Angst vor Ihnen.

Ich, scheinbar fürchten Ihre Hände, sich selbständig zu machen.

Er, sie sind selbständig, und wenn sie sich mal nicht trauen, lasse ich sie einfach schwitzen.

Ich, Ihre Mutter ist ein bißchen zu nachsichtig mit Ihnen gewesen.

Er, stimmt, ich konnte mit ihr machen, was ich wollte.

Ich, dann lebt sie also nicht mehr.
Er, nein.

Er scheint den längeren Atem zu haben.

Bloß nicht aufgeben.
Ich, Blödsinn, Ihre Mutter muß ziemlich robust gewesen sein, denn Sie wirken eher wie ein erdrücktes Kind.
Er, oho, oho, passen Sie auf, daß ich Sie nicht erdrücke.
Ich, ich habe mich schon die ganze Zeit gefragt, wofür ich hier büßen soll.
Er, keine Sorge, dazu hatte ich doch die Kühe.
Ich, Ihre Hände sehen nicht nach Melken aus.
Er, eben, ich habe ja auch nie gemolken.

Mal ist Burcke brutal.
Mal ist Burcke wie Watte.

Wir betreten ein Verwaltungshochhaus. In der Halle springt mich ein Schäferhund an. Ich hüpfe zur Seite. Herr Burcke lacht sich halbtot. Hinter dem Empfangstisch, zwischen Schalttafeln und Telefonen sitzt ein Mann in Zivil. Im Hintergrund der Halle sitzt ein Wächter in Uniform. Keiner ruft den Hund zurück. Ich sage laut zu dem Wächter, können Sie mir nicht ein kurzes Interview geben? Der Wächter eilt zum Aufzug. Der Hund trottet hinter ihm her. Weg sind sie.

Dienstanweisung: Stillschweigen ist vom Wachmann über alle Geheimnisse zu bewahren, von denen er über Personen und Betriebe, die er zu bewachen hat, Kenntnis erhält.

Herr Burcke sagt, da sehen Sie, wie zuverlässig unsere Leute sind. Ich sage, Sie sind doch Kontrolleur, warum legen Sie nicht ein Wort für mich ein? Er sagt, nehmen Sie einfach den Portier. Ich sage, der nutzt mir wenig, ich brauche einen echten Nachtwächter. Er sagt, der ist echt, wir haben ihn nur vorübergehend verliehen. Der Portier sagt, als Empfangschef, tagsüber trage ich eine Livrée. Ich packe das Mikrofon ein und sage, Sie müssen verdammt müde sein.

Schlüssel, Schlüsselbund.
Schlüsselblumen.
Schlüsselgewalt.
Unschlüssig weiter.
Und wieder rein ins Auto.
Tür zu. Tür zu. Tür zu.
Die Schlüsselbeine vertrocknen
und die Himmelschlüsselchen.

Herr Burcke sagt, wenn Sie wirklich vom Rundfunk kommen, sind Sie bei mir an der richtigen Adresse. Ich sage, es kam mir auf die Nachtwächter an, nicht auf ihren Kontrolleur. Er sagt, die Auskünfte, die Sie brauchen, kriegen Sie besser von mir. Ich sage, warum lassen Sie mich nicht an die Nachtwächter heran. Er sagt, das sind schweigsame Leute. Ich sage, bringen Sie mich nach Hause, ich habe die Nase voll von Ihrer Begleitung. Herr Burcke lächelt und sagt, so kommen Sie nie auf einen grünen Zweig.

Herr Salzgeber hat das Lohnsystem vereinfacht: Ein Nachtwächter unter sechzig bekommt pro Stunde drei Mark, und ein Nachtwächter über sechzig bekommt pro Stunde zwei Mark.
Immer wieder Objekte, alte Männer, Wachbegleithunde, befugte und unbefugte Personen. Immer wieder mit Herrn Burcke treppauf, treppab. Tür auf, Tür zu. Schlüsselgeklapper. Ich bin unbefugt. Herr Burcke redet und redet und redet. Er sagt, warum nehmen Sie mich nicht mehr aufs Band auf? Ich sage, warum bringen Sie mich nicht endlich nach Hause? Er sagt, wo Sie wohnen, das liegt nicht auf meinem Weg. Ich sage, Schweinerei. Er sagt, ich habe die

Landwirtschaft aufgegeben, weil ich immer so alleine war. Ich sage, in Ihrer jetzigen Stellung sind Sie doch auch immer alleine. Er sagt, heute Nacht einmal nicht.

Ist da nicht ein Pärchen drin?
Leuchten Sie mal in das Auto rein.
Verschwinden Sie, aber marsch!
Hier ist kein öffentlicher Parkplatz!
Der hat kaum seine Hose hochgekriegt.
Warum lassen Sie die Leute nicht in Ruhe?
Die haben doch nichts verbrochen.
Weil ich nicht jeden Morgen
die Pariser aufsammeln will.

Morgens, dreivierteldrei.
Herr Burcke und ich fahren immernoch Patrouille. Von Zeit zu Zeit bitte ich ihn vergebens, mich an einer passenden Stelle aussteigen zu lassen. Vielleicht ist er verliebt in das Mikrofon.

Ich, setzen Sie mich irgendwo ab, egal wo.
Er, Sie können nicht mitten in der Nacht auf der Straße stehen.
Ich, was antwortet ein Nachtwächter, wenn ich ihn um diese Zeit nach einer Adresse frage?
Er, er wird sagen, wer so spät nach einer Adresse fragt, der hat keine.
Ich, lassen Sie mich raus, ich wills versuchen.
Er, Sie haben mich ausfragen wollen, nun bin ich ins Reden gekommen.
Ich, auch wer automatisch redet, ist sprachlos.
Er, Sie werden selber sprachlos sein, wenn ich Ihnen z. B. erzähle, wie man die Beißkraft eines Deutschen Schäferhundes mißt.
Ich, solche Nebensächlichkeiten interessieren den Rundfunk nicht.

Er, haben Sie eine Ahnung, bei denen bestehen sogar die Nachrichten aus Nebensächlichkeiten. Geburtstage, Jubiläen, Festessen . . .

Ich, für mich ist diese Rundreise kein Festessen.

Er, zum Frühstücken ist es noch zu zeitig, also die Beißkraft eines Schäferhundes wird mit einem Dynamometer gemessen.

anhalten aussteigen nicht mehr hinter alten blinden tauben lahmen Männern herjagen nicht mehr Patrouille fahren nicht mehr im Dunkeln tappen nach Hause gehen was heißt hier Angst.

Ein Warenlager vor der Stadt. Ein kleiner, dünner Mann kommt auf uns zu. Er geht krumm. Der Schlüsselring, den er schwenkt, ist größer als sein Kopf und wahrscheinlich schwerer. Ich halte ihm mein Mikrofon unter die Nase und bitte ihn, von sich und seiner Arbeit zu erzählen.

– Ich bin Totengräber. Früher habe ich im Steinbruch gearbeitet, jetzt beerdige ich in meinem Heimatdorf die Toten. Im Januar werde ich siebzig. Ja, und wenn ich einen Dieb sehe, beobachte ich ihn erstmal. Denn wir liegen ja näher am Tatort als die Polizei selber, immer an der Straßenfront, sozusagen. Waffe habe ich keine, nein, wozu auch? Im Steinbruch habe ich aufgehört wegen der Kälte, ja, auf der Straße ist es auch kalt, auf dem Friedhof auch, jedenfalls obendrüber. –

Ich, haben Sie denn nie Angst?

Er, was soll ich haben? Satt hab ich es. Mir ist längst alles egal.

Ich, und fühlen Sie sich denn nicht einsam, die ganze Nacht so alleine?

Er, ja, alleine bin ich auch. Ist schon drei Jahre her, daß meine Frau gestorben ist.

Herr Burcke sagt, Sie haben doch vorige Woche einen Einbrecher ertappt. Nun habe ich Ihnen hier Fotos mitgebracht, vielleicht können Sie ihn identifizieren, ich meine wiedererkennen.
Herr Burcke hält dem Totengräber ein PIK-Bild hin. Das typische Verbrecherfoto, derselbe Mann von rechts, von vorne und von links aufgenommen. Der Totengräber sieht sich das Bild an und sagt, von den dreien war es keiner. Herr Burcke sagt zu mir, den nehmen Sie lieber nicht auf, der ist schon ganz vertrottelt. Ich sage, und was sind Sie? Herr Burcke läßt sich nicht die Laune verderben. Er schmunzelt.

Und weiter. Und wieder rein ins Auto. Und immer wieder rund um die Stadt.

Er, also der Hund ist einkommazwanzig Meter lang und wiegt fünfundvierzig Kilogramm. Um die Muskelkraft seiner Kinnladen messen zu können, brauchen Sie zuerst einen schweren Holztisch.
Ich, wo soll ich heutzutage einen schweren Holztisch hernehmen?
Er, Sie werden doch noch einen primitiven Küchentisch auftreiben können. Da legen Sie dann den Hund drauf und binden ihn folgendermaßen fest: die linke Hinterpfote wird an das rechte vordere Tischbein gebunden, die rechte Hinterpfote wird an das rechte hintere Tischbein gebunden. Die linke Vorderpfote kommt an das linke vordere Tischbein, während die rechte Vorderpfote an dem linken hinteren Tischbein befestigt wird. Den Schwanz binden Sie sodann an den rechten und den Unterkiefer an den linken Schubladenknopf.
Ich, warum immer ich? Ich habe gar keinen Hund.
Er, meiner Firma stehen zweiunddreißig Deutsche Schäferhunde zur Verfügung. Ich werde versuchen, einen davon abzuzweigen.
Ich, halten Sie mal, ich sehe da vorne einen Taxistand.

Er, bleiben Sie sitzen. Um diese Zeit nimmt ein Taxifahrer auch nicht den kürzesten Weg.

Wir werden gestoppt. Herr Salzgeber, der Inspektor, möchte ein Stück mitgenommen werden.
Herr Salzgeber sagt, die meisten, die bei uns arbeiten, sind Idealisten. Viele von ihnen waren früher bei der Polizei. Sie werden pensioniert, was nun? Sechzig Jahre alt und überflüssig? Nein! Sie melden sich bei der Wach- und Schließgesellschaft. Weiterhin Verbrechensbekämpfung. Und schon sind sie wieder mitten drin.

Eigentum verpflichtet zu Wachsamkeit.

Das ist ja klar, sagt Herr Salzgeber, daß ehemalige Kriminalbeamte und Polizisten bei uns gleich höhere Stellungen beziehen. Denn, wer vorgebildet ist, überblickt die Lage viel schneller, als ein gewöhnlicher Mensch. Eine Gegend, die Sie z. B. durchstreifen, ohne sich etwas dabei zu denken, besteht für unseren Mann von vornherein aus Schwerpunkten.

Ich sage, Herr Burcke ist also früher auch Polizist gewesen. Nein, sagt Herr Salzgeber, Herr Burcke hat von Natur aus Führerqualitäten, er war früher Bauer. Herr Burcke braust auf, was sagen Sie, Bauer? Ich bin Landwirt gewesen. Herr Salzgeber lacht. Er sagt, richtig, richtig. Wir wollen ja auch nicht Nachtwächter genannt werden, sondern Wachmann.
Herr Salzgeber läßt sich an einem finsteren Lagerplatz absetzen, um etwas zu inspizieren.

Ein Bauer, der beleidigt ist, wenn man ihn Bauer nennt. Das heißt Landwirt! Ein Nachtwächter, der beleidigt ist, wenn man ihn Nachtwächter nennt. Das heißt Wachmann! Ach die Wörter, die nie beleidigt sein können.

Kaum sind wir unterwegs, fängt Burcke wieder an.

Er, den Oberkiefer befestigen Sie nun an einem von der Decke herabhängenden Strick, in dessen Verlauf sich unser Dynamometer befindet. Dann beginnen Sie das Tier mittels Elektrizität heftig zu reizen.

Ich, meinen Sie etwa mit Elektroschocks?

Er, was verstehen Sie denn unter Elektroschocks?

Ich, sind das nicht elektrische Schläge, die man kriegt, um etwas zu vergessen, was andere nicht wahrhaben wollen?

Er, nein, nein, der Hund soll nicht betäubt werden, sondern wütend, damit er zuschnappt. Dadurch zieht er dann an dem Dynamometer und erzielt die Wirkung eines Gewichtes, manchmal bis zu dreihundert Kilogramm. Können Sie sich ausmalen, welcher Beißkraft dieses Gewicht entspricht?

Ich, Sie sind imstande und machen es mir vor.

Neun von zwölf Nachtwächtern, die ich gefragt habe, sind früher Bauer gewesen und nicht pensionsberechtigt.
Herr Burcke sagt, wir hatten sogar einen Baron.

Was machen Sie denn da oben?
Komm rauf, Opa, wenn de was willst.
Hände hoch! Sage ich. Aber flott!
Platsch, kommt ein Ziegelstein an.
Peng, peng. Zwei Schüsse hinauf.
Niemand mehr zu sehen.
Der hat doch angefangen,
mit Opa rufen und Steine werfen.
Klarer Fall von Notwehr.
Es war ja bloß ein Streifschuß,
in die Wade.
Immerhin,
wenn man gerade auf einem Dach steht.
Ich hatte hier was auszubessern.
Nachts?

Mensch, Sie arbeiten ja auch nachts.

Dienstanweisung: Die Überschreitung von Notwehr ist nicht strafbar, wenn der Täter in Bestürzung, Furcht oder Schrecken über die Grenzen der Verteidigung hinausgegangen ist.

Wer einen Dieb dingfest macht, wird von der Wach- und Schließgesellschaft mit einer Prämie belohnt.

Der Baron ist tot.
Zuerst hatte er zwei Einbrecher in einem Büro eingeschlossen, dann wollte er die Polizei rufen, dabei hat er den beiden den Rücken zugekehrt, daraufhin haben sie ihn erschossen. Herr Salzgeber soll gesagt haben, der war selber schuld. Ich sage, vielleicht wollte er sich eine Prämie verdienen. Herr Burcke sagt, die hätte er ja auch bekommen, aber man dreht doch einem Verbrecher nicht den Rücken zu. Ich sage, nun hat sicher seine Frau die Prämie gekriegt. Herr Burcke sagt, woher denn, die Diebe sind ja entkommen. Außerdem hat der Baron mit seiner falschen Handlungsweise unserer Firma großen Schaden zugefügt, denn am Tag darauf haben vierzig Mann gekündigt. Ich sage, wenn er eine Waffe gehabt hätte wie Sie, wäre ihm das nicht passiert. Herr Burcke sagt, der hat so gezittert, daß er gar nicht mehr hätte zielen können. Ich sage, warum hat er sich nur in solche Gefahr begeben. Herr Burcke sagt, Idealismus. Ich sage, er hat bestimmt auf die Prämie spekuliert. Herr Burcke sagt, wozu braucht ein Dreiundsiebzigjähriger noch Geld? Und hat er nicht immer behauptet, er sei Baron?

Herr Burcke läßt nicht locker.

Er, um auf unser Experiment zurückzukommen. Da die Schnauze vom Kaumuskel soundso weit entfernt ist, können wir, um uns der natürlichen Beißkraft zu nä-

hern, ungestraft die 3 mit 50 multiplizieren und kommen so auf 150 Atmosphären.
Ich, ich werde mir einen Hund anschaffen.
Er, ich bezweifle, daß Sie von Ihren Honoraren einen Hund ernähren können.
Ich, dann bewerbe ich mich eben als Nachtwächterin.

anhalten aussteigen nicht mehr hinter alten blinden tauben lahmen Männern herjagen nicht mehr Patrouille fahren nicht mehr im Dunkeln tappen nach Hause gehen was heißt hier Angst.

Früher bestand die Ausrüstung eines Nachtwächters aus einem helltönenden Horn, einer stark schmetternden Knarre und einer Pike.
Ins Horn sollte er stoßen, wenn er gefährliche Räubereien wahrnahm.
Mit der Knarre sollte er Lärm schlagen, wenn er ausbrechendes Feuer entdeckte.
Die Pike sollte er nur im äußersten Notfall gebrauchen. Diese Waffe war bei strenger Verantwortung vor allem Mißbrauch wohl in acht zu nehmen.

Herr Salzgeber hat gesagt, ein Neuer, der geht zwei Nächte mit jemandem mit, damit wir sehen, ob er ein guter Treppensteiger, ein besserer Fußläufer oder ein noch besserer Fahrradfahrer ist. Dementsprechend wird der Mann dann bei uns eingesetzt.

Halt, bleiben Sie stehen!
Ich bin es ja bloß.
Warum heißt Ihr Hund »Negerkiller«?
Weil er Schwarze nicht ausstehen kann.
Sowie ein Neger auftaucht,
fällt er über ihn her.
Kann man ihm das nicht abgewöhnen?

Es muß ihn mal einer gekränkt haben.
Sicher war das ein Weißer
mit einem Strumpf überm Kopf.
Erzählen Sie das einem Hund.
Deshalb braucht man ihn nicht gleich
»Negerkiller« zu nennen.
Er bringt sie ja nicht um,
er killert sie nur, haha.

Nachtwächter unterhalten sich nicht.
Nachtwächter lassen sich nicht ablenken.
Nachtwächter rauchen nicht im Dienst.
Nachtwächter müssen riechen, wenn es brennt.
Nachtwächter trinken abends kein Bier.
Nachtwächter überprüfen Wasserleitungen.

Kein Einbruch, kein Mord, die Liebespärchen verscheucht,
die Obdachlosen unter Dach und Fach gebracht.
Einkaufszentren, Bankhochhäuser, Kasernen, Silos, Güterbahnhöfe.
Dunkelheit.
Und kein menschlicher Laut zu hören.

Ich halte Herrn Burcke meine Hand hin und sage, ich möchte mich verabschieden. Er läßt seine Hände ruhig runterhängen. Ich sage, dann eben nicht. Er sagt, wir sind noch lange nicht fertig. Ich sage, ich schon. Er sagt, so sind die Journalisten – erst aufdringlich, dann abfällig. Ich sage, wenn hier jemand aufdringlich ist, dann sind Sie das. Er sagt, und wer hat wiederholt versucht, meine Hand zu ergattern?

Nachtwächter sind allein.
Nachtwächter sind alt.
Sie sind wach, wenn andere schlafen.
Sie schlafen, wenn andere reden.

Nachtwächter sind sprachlos.
Na, viel habe ich nicht herausbekommen.

Ich gehe eine schlecht beleuchtete Straße entlang. Herr Burcke fährt neben mir her. Er ruft aus dem Wagen, Sie wissen ja gar nicht, wo Sie sind! Ich gehe ruhig weiter. Er fährt neben mir her und ruft, bis zu Ihnen nach Hause sind es rund vierzig Kilometer!
Ich steige wieder ein.

Dunkelheit.
Und kein Wohnhaus, kein Spaziergänger zu sehen.

1970

Wohnhaft im Westend

Wohnhaft im Westend
(zusammen mit Horst Karasek)

Früher war das Westend von besseren Leuten bewohnt. Heute ziehen mehr und mehr Gastarbeiter und Studenten ein. Das Westend wird abgerissen, Haus für Haus. Es ist ein sterbendes Viertel. Vernünftige Hausbesitzer lassen, bevor sie verkaufen, innen und außen renovieren. Das erhöht den Wert. Die Kosten tragen die Mieter. Im Westend entstehen Bürohäuser und Banken.

Ich wohne im Westend. Ein Makler hat mir gegen eine Gebühr von einer Monatsmiete ein Zimmer in einem Altbau vermittelt. Mein Zimmer ist fünf mal vier Meter groß und kostet monatlich hundertundfünfzig Mark. Das Haus hat fünf Stockwerke. Es ist leer. Außer mir wohnt nur ein Italiener in dem Haus. Den früheren Mietern ist gekündigt worden. Sie haben zwanzig und fünfundzwanzig Jahre lang in dem Haus gewohnt und sind in kältere Gegenden gezogen. In der Nordweststadt kosten die Wohnungen das Doppelte.

Heute ist der Erste. Die Wirtin klopft an meine Tür. Ich gebe ihr hundertundfünfzig Mark.
Sie sagt, das ist nicht alles. Hinzu kommen zwölf Mark Umlagen, fünfundzwanzig Mark Strom ...
Ich unterbreche sie und sage, das muß von meinem Vorgänger sein.
Sie sagt, dann hätten Sie den Zähler vorher ablesen müssen.
Sie spricht ruhig weiter und sagt, hinzu kommen noch elf Prozent Mehrwertsteuer, die sich auf die Stromrechnung

beziehen, und eine Mark achtzig Zählergebühr.
Ich bezahle zweiundvierzig Mark mehr.
Die Wirtin sagt, bald wird das ganze Haus renoviert, dann bekommt jedes Zimmer eine extra Dusche.

Ich war eine Woche verreist. Die Haustür ist aus den Angeln gehoben. Die Tür zu meinem Zimmer steht offen. Die Lichtleitungen sind herausgerissen. Ich trete auf Sand. Ich stolpere über einen Sack Zement. Mitten durch mein Zimmer ist eine Mauer gezogen worden. Meine Bücher liegen auf dem Diwan und unter einer dicken weißen Schicht Staub. Beim Schein meines Feuerzeugs sehe ich, daß jemand einige Bücher mit einem nassen Lappen abgewischt hat. Die Deckel sind verbogen. Ich gehe in den Club Voltaire und warte auf Horst.
Ich sage, mein Zimmer ist nicht mehr bewohnbar, da wird gerade eine Dusche eingebaut.
Horst sagt, werfen wir doch unsere Sachen zusammen und suchen uns eine richtige Wohnung.

Jeder Hausbesitzer fragt uns nach Referenzen, nach Verdienstbescheinigungen, nach festen Arbeitsverhältnissen, nach unserer Heiratsurkunde. Wir stehen in keinem festen Arbeitsverhältnis. Wir sind nicht verheiratet. Wir haben keine Referenzen.

Ich sage, dann bleiben wir in dem Haus, in dem ich das Zimmer habe.
Horst sagt, deine Wirtin vermietet ja keine Wohnungen, sondern nur Einzelzimmer.
Ich sage, dann nehmen wir zwei Einzelzimmer.

Meine Wirtin fragt nicht nach Referenzen. Meine Wirtin ist sehr freundlich. Sie vermietet uns zwei Dachkammern.
Sie sagt, Sie bekommen hier oben auch eine Gemeinschafts-

dusche, deswegen muß ich jetzt pro Zimmer hundertunddreißig Mark nehmen.
Wir tünchen die Wände. Die Wirtin bringt uns Kartoffelsalat und bietet uns Zigaretten an. In meinem alten Zimmer der Schreibtisch muß zersägt werden. Er paßt nicht mehr durch die schmalere Zwischentür.
Die Wirtin sagt, Sie können sich von den Möbeln, die die früheren Mieter stehengelassen haben, aussuchen was Sie wollen.
Wir streichen die alten Möbel. Die Wirtin bringt uns Erbsensuppe.

Bis zum dritten Stock sind die Wohnungen fertig umgebaut. Aus jeder Fünfzimmerwohnung sind fünf Apartments entstanden. Vorher hat eine ganze Wohnung zweihunderfünfzig Mark gekostet, jetzt kostet jedes Apartment zweihundert Mark.

Die Handwerker haben das Dachgeschoß erreicht. Die Wirtin hat uns nicht gesagt, daß auch unsere Kammern umgebaut werden. Die Handwerker durchbrechen unsere Fußböden, Decken, Wände. Sie sind täglich unser Gast. Morgens um sieben holen sie uns aus den Betten. Ab fünf Uhr nachmittags machen wir sauber.
Ich sage, wir müssen schreiben.
Die Handwerker installieren Wasserleitungen. Sie montieren Heizkörper. Sie bauen in jedes Zimmer ein Waschbecken mit Warm- und Kaltwasseranschluß. Sie bringen uns Bier und sagen, ihr arbeitet ja sowieso nicht, das sieht man euch an.
Jeden Ersten klopft die Wirtin und sammelt Geld ein. Seitdem Herr Müller eingezogen ist, kassiert er die Mieten. Herr Müller wischt die Treppe. Er streicht das Geländer. Er macht eine genaue Aufstellung der Möbel, die auf dem Boden stehen. Er hat immer einen Anzug mit Weste an. Herr Müller studiert Jura. Die Wirtin borgt ihm ihr Auto.

Das Dachgeschoß hat sechs Zimmer. Für uns ist unter der Bodentreppe eine Gemeinschaftsdusche eingebaut worden. Abends stellen die Handwerker ihr Werkzeug, ihre Leitern, ihre Arbeitskleider in der Dusche ab.
Sie sagen, bis ihr duschen könnt, dauert es noch eine Weile. Der Ölofen funktioniert nicht.

Herr Müller besucht uns und sagt, Sie sind nett eingerichtet hier oben.
Wir halten jeder hundertunddreißig Mark bereit.
Er klappt einen Notizblock auf, reißt ein Blatt heraus und sagt, hier ist Ihre Abrechnung.
Auf dem Blatt stehen: Die Miete pro Zimmer hundertunddreißig Mark, Umlagen pro Zimmer zwölf Mark, Duschbenutzung pro Zimmer vier Mark, Zählergebühr pro Zimmer eine Mark und achtzig Pfennige, Strom für beide Zimmer zusammen fünfundvierzig Mark und siebzig Pfennige, davon elf Prozent Mehrwertsteuer fünf Mark und dreizehn Pfennige, Heizung pro Zimmer dreißig Mark.
Herr Müller sagt, ich bekomme von Ihnen beiden zusammen vierhundertundsechs Mark und dreiundvierzig Pfennige.
Ich sage, das bezahlen wir nicht.

Horst geht die Wirtin holen. Herr Müller sieht sich in meiner Kammer um.
Er sagt, ach ja, ich muß mir noch notieren, welche Möbelstücke zum Haus gehören.
Ich sage, die Möbel gehören uns. Die wollte keiner mehr, wir haben sie selber aufgearbeitet und die Polster neu bezogen.
Herr Müller sagt, die Möbel sind Ihnen nicht geschenkt, sondern nur überlassen worden. Sie können daher keinerlei Besitzansprüche geltend machen.

Die Wirtin war beim Friseur. Sie hat den Kopf voll roter

Locken. Sie trägt Clips. Auf jedem Ohrläppchen blüht eine Margarite. Sie zieht ihren Mantel aus und sagt, puh, wie heiß mir ist.
Ich sage, mir auch. Bis jetzt haben wir zweihundertsechzig Mark bezahlt, wie kommen wir denn so plötzlich auf vierhundert?
Die Wirtin sagt lächelnd, und wovon, glauben Sie, soll ich den Umbau bezahlen? Den Ölofen zum Beispiel schließen sie erst an, wenn er bezahlt ist.
Horst sagt, wir denken nicht daran, Heizung, Dusche und warmes Wasser zu bezahlen, bevor wir das alles nicht haben.
Ich sage, ob wir wollen oder nicht, wir können die vierhundert nicht zahlen. Wir haben sie nicht.
Die Wirtin sagt, darauf habe ich nur gewartet. Der Kaufmann gegenüber hat mich auch schon gefragt, wovon Sie überhaupt leben.
Horst sagt, für vierhundert Mark bekommen wir eine richtige Wohnung. In einem Monat ziehen wir aus.
Die Wirtin sagt, da haben Sie recht. Ich kann Ihnen sogar einen guten Makler empfehlen. Das ist ja auch nichts hier oben, ohne Kochgelegenheit.

Um eine Wohnung zu bekommen, braucht man ein- bis zweitausend Mark. Bevor man einzieht, muß man mindestens zwei Monatsmieten Vermittlungsgebühr, drei Monatsmieten Kaution und die erste Monatsmiete bar auf den Tisch legen.
Ich weiß nicht, wo ich plötzlich so viel Geld herholen soll. Ich rufe eine Bekannte an und bitte sie, für mich eine Bürgschaft zu übernehmen. Wir gehen zusammen zur Bank, und ich nehme einen Kredit von zweitausend Mark auf, den ich innerhalb eines Jahres mit elfeinhalb Prozent Zinsen zurückzuzahlen habe.

Der Makler legt mir ein gedrucktes Formular vor.

Er sagt, Sie bekommen von mir nur dann eine leere Wohnung nachgewiesen, wenn Sie das hier unterschreiben: Helmut Ziegler, Wohnungs- Zimmer- Gewerberäume-Nachweis. Ich beauftrage hiermit das Maklerbüro Ziegler, mir Objekte und Vertragspartner gegen Zahlung einer Maklerprovision (gemäß RDM-Gebührenheft, jedoch nicht weniger als zwei Brutto-Monatsmieten in ursprünglich vom Vermieter festgelegter Höhe) bzw. gemäß nachstehender Vereinbarung, nachzuweisen. Mit Erteilung dieses Auftrages zahle ich eine einmalige Schutz- und Verwaltungsgebühr von DM 10,–, die in voller Höhe auf die Maklergebühr angerechnet, aber in keinem Fall zurückgezahlt wird. Die Maklergebühr wird bei fester Zusage, ein Objekt zu ermieten, zur sofortigen Barzahlung fällig.

Ich fahre sofort zu der Wohnung, die mir der Makler nennt. Sie besteht aus drei Zimmern und einer Küche. Sie hat keine Öfen und keinen Kochherd.
Die Wirtin sagt, die Wohnung kostet zweihundertundfünfzig Mark, wenn Sie mir versprechen, daß Sie pünktlich zahlen und keinen Lärm schlagen. Wir sind alles alte Leute hier im Haus.
Ich sage, gut, aber mein Freund zieht mit ein.
Sie sagt, außerdem müssen Sie sich verpflichten, die Böden neu legen zu lassen und Öfen für die Zimmer anzuschaffen.
Ich bin mit allem einverstanden.
Die neue Wirtin sagt, wenn Sie mir die erste Monatsmiete und drei Monatsmieten Kaution, das sind zusammen tausend Mark sofort geben, können Sie sicher sein, die Wohnung zu bekommen.
Ich bezahle tausend Mark. Unsere neue Wirtin heißt Fräulein Setzer.

Maklerauftrag. Fortsetzung.
Der Auftraggeber verpflichtet sich, die Objekte, Vertragspartner, Vertragspartnerteile oder Hausverwalter – längstens

innerhalb 2 Tagen – aufzusuchen und das Maklerbüro ZIEGLER von dem Ergebnis sowie von beabsichtigten oder getätigten Abschlüssen zu unterrichten. Bleibt das Maklerbüro ZIEGLER innerhalb der 2-Tage-Frist ohne Information durch den Auftraggeber, so ist eine Konventionalstrafe in Höhe der vereinbarten Maklergebühr an das Maklerbüro ZIEGLER zu zahlen. Eingezahlte Beträge verfallen bzw. werden mit der Konventionalstrafe verrechnet. Gegenüber dem Maklerbüro ZIEGLER können dann keine Ansprüche mehr geltend gemacht werden.

Die Maklergebühr kannst du immer noch zahlen, wenn wir eingezogen sind, sagt Horst.
Ich sage, ich habe unterschrieben, daß ich sofort bezahle. Ich brauche die Wohnung, und er will zweieinhalb Monatsmieten haben.
Ich rufe Herrn Ziegler an und teile ihm mit, ich würde die Wohnung nehmen.

Herr Müller besucht uns und sagt, die Couchgarnitur, das Vertiko, der Schreibtisch bleiben hier.
Horst sagt, daran ist nicht zu denken.
Ich sage, der Schreibtisch gehört uns schon deswegen, weil mein eigener Schreibtisch damals zersägt worden ist. Er ging nicht mehr durch die Zimmertür.
Herr Müller zitiert einen Paragraphen, der besagt, die Möbel seien nicht unser Eigentum. Er sagt, Sie können froh sein, daß Sie sie streichen und umarbeiten durften.
Horst holt die Wirtin und bietet ihr an, die Möbel zu kaufen.
Die Wirtin sagt, ich mache nichts ohne Herrn Müller.
Herr Müller sagt, das Vertiko und den Schreibtisch brauchen wir selber.
Wir zahlen unsere vierhundert Mark Miete und geben der Wirtin noch hundert Mark für die Couchgarnitur.

Das Maklerbüro Helmut Ziegler.
Betrifft Ihren Maklerauftrag vom 31. 10. und Ihren Telefonbescheid von soeben.
Ich danke nochmals für den erteilten Maklerauftrag und bestätige Ihren soeben gehabten Telefonanruf, nach dem Sie die Wohnung fest ermieten konnten. Somit stelle ich die vereinbarte Maklerprovision in Höhe von DM 625,– in Rechnung, deren Überweisung ich auf mein Bankkonto Nr. 2872 bei der Friedberger Bank erbitte.
Mit freundlichen Grüßen HELMUT ZIEGLER.

Wir ziehen um. Horst und sein Freund Pit tragen die Stühle, die Bücherkisten, die Kartons mit Geschirr in die neue Wohnung.
Unsere Wirtin, Fräulein Setzer, kommt herein, sieht verdutzt von Horst zu Pit, von Pit zu Horst und sagt zu mir, könnten Sie einen Augenblick mit zu mir hinüber kommen?
Ich folge ihr.
Sie sagt, so leid es mir tut, aber ich möchte von unserer Abmachung zurücktreten, Ihnen die Wohnung nebenan zu vermieten. Ich wußte nicht, daß Ihre Bekannten lange Haare haben. Ihr Umgang würde in unserem Haus zuviel Aufsehen erregen. Wir sind alles alte Leute hier.
Sie gibt mir die tausend Mark zurück.
Ich sage, ich habe Herrn Ziegler schon sechshundertfünfundzwanzig Mark Provision überwiesen.
Sie sagt, die bekommen Sie auf jeden Fall zurück, dafür sorge ich.

Ich rufe sofort Herrn Ziegler an und bitte ihn, mir das Geld zurückzuschicken.
Er sagt, auch eine mündliche Abmachung mit meiner neuen Wirtin sei als Vertrag zu werten, und er sähe sich nicht verpflichtet, das Geld zurückzusenden.
Horst ruft Herrn Ziegler an und erklärt noch einmal alles.

Herr Ziegler lehnt ab, uns das Geld wiederzugeben.

Das Maklerbüro Helmut Ziegler.
Ich bestätige dankend den Eingang Ihrer Zahlung und erlaube mir auf den Telefonanruf eines Herrn, ich nehme an Ihres Bräutigams, zurückzukommen. Wie ich schon per Telefon bei Fräulein Setzer klarstellte, ist zwischen Ihnen und Fräulein Setzer ein rechtskräftiges Mietsverhältnis zustande gekommen, schon dadurch, daß Sie entsprechende Zahlungen bei Fräulein Setzer geleistet hatten. Wenn Sie nunmehr, wie durch Umstände, die in der Person Ihres Bräutigams liegen, den Mietvertrag mit Fräulein Setzer aufgehoben haben, so ist dies für mich als Makler und gemäß Maklervertrag unbedeutend. Vereinbarungen, die Sie nach Zustandekommen eines Mietverhältnisses treffen oder getroffen haben, sind für mich nicht verbindlich.
Mit freundlichen Grüßen HELMUT ZIEGLER.

An das Maklerbüro Helmut Ziegler.
Am Sonntagabend ließ Fräulein Setzer mich wissen, daß Sie an mir als zukünftiger Mieterin doch nicht interessiert sei und von den noch nicht schriftlich festgelegten Abmachungen zurücktreten wolle. Sie gab mir die tausend Mark, drei Monate Kaution und eine Monatsmiete, zurück und versprach, daß ich auch die Maklerprovision zurückerhalten würde, denn die leerstehende Wohnung stände Ihnen als Makler weiterhin zur Verfügung. Da Ihr Maklerbüro auch schon wieder andere Interessenten zu Fräulein Setzer geschickt hat, bitte ich Sie hiermit, die Summe von sechshundertfünfundzwanzig Mark sofort per Postanweisung an mich zurückzusenden.

Das Maklerbüro Helmut Ziegler.
Die Ausführungen Ihres Schreibens sind nicht korrekt wiedergegeben. Unabänderliche Tatsache bleibt, daß Sie ein Mietverhältnis vereinbart und entsprechende Zahlungen ge-

leistet haben. Bereits am ersten Tag brachten Sie modern aussehende junge Leute mit. Fräulein Setzer bat Sie daraufhin, ihr solche Leute nicht ins Haus zu bringen. Daraufhin verließen Sie ohne Kommentar das Haus und teilten Fräulein Setzer telefonisch mit, daß Sie auf eine Ermietung verzichten würden. Deshalb bekamen Sie Ihre tausend Mark zurück ...

Ich sage, das stimmt doch vorne und hinten nicht.
Horst sagt, damit gehen wir zu einem Rechtsanwalt.

... und führen seitdem Klage, weil die Firma Ziegler Ihnen die Provision nicht zurückzahlen wolle. Nach der zwischenzeitlich Fräulein Setzer bekannt gewesenen Situation, wäre Fräulein Setzer bereit gewesen, Ihnen die Wohnung erneut zu überlassen. Ich hatte mich noch für Ihre Person bei Fräulein Setzer verwendet und versucht, Fräulein Setzer Verständnis für die manchmal unverständlichen neuen Herrenhaarmoden beizubringen. Mehr konnten wir wirklich nicht tun. Die Rechtslage ist durch Ihr Verhalten verhärtet worden, nämlich, daß SIE der vertragsbrüchige Partner waren und sind.
Mit bester Empfehlung HELMUT ZIEGLER

Horst ruft einen Rechtsanwalt an. Wir schicken ihm alle Briefe und Formulare. Wir werden hinbestellt.
Der Rechtsanwalt sagt, ich habe Ihren Fall geprüft, sollten Sie einen Prozeß anstrengen wollen, gebe ich Ihnen den ganz persönlichen Rat: das Geld, daß Sie dann noch einmal einbüßen, setzen Sie lieber in Wein oder Bier um.
Ich sage, es lag noch kein schriftlicher Vertrag vor, und die Adresse ging ungenutzt an den Makler zurück. Der Rechtsanwalt liest uns eine Passage des von mir unterschriebenen Maklervertrages vor: Es ist ausdrücklich vereinbart, daß bereits eine mündliche Zusage, ein Objekt zu ermieten, die volle Provisionspflicht gemäß Vereinbarung zur sofortigen

Barzahlung auslöst, wobei beiderseits als unbedeutend angesehen wird, wenn Detailfragen (wie Mietvertragsdauer, Umlagen, Renovierungskosten, Kostenrückerstattung, Inventarübernahme und dgl.) noch festzulegen sind.

Wir haben eine andere Wohnung gefunden, im Westend.
Jadoch, ja, sage ich, ich verspreche Ihnen, daß wir dieses Jahr noch heiraten.
Der neue Vermieter sagt, außerdem haben Sie für den Kochherd, den Spültisch und die Böden in der Küche, in der Diele und in einem der Zimmer eine Ablösung von achthundert Mark zu zahlen.
Ich sage, wenn wir eine Abzahlungsvereinbarung treffen können, erkläre ich mich einverstanden.
Der Vermieter sagt, das müssen Sie mit Ihrem Vormieter ausmachen, ich halte mich da raus.

Das Westend wird abgerissen. Die Häuser rechts und links neben uns sind schon geräumt. Gegenüber die zwei Häuser sind vor einem halben Jahr abgerissen worden. Vor der Baustelle leuchtet ein großes Schild: Hier entsteht ein Haus mit acht Büroetagen, das sind insgesamt 3300 Quadratmeter Gewerbefläche und PKW-Abstellplätze. Vorvermietungen durch die Spezialmakler für Gewerberäume, Michels und Huber.

Nachbemerkung 1979.
Heute, zehn Jahre später, sind die besseren Leute wieder ins Westend zurückgekehrt. Sie haben die übriggebliebenen, restaurierten Herrschaftshäuser bezogen, für deren Erhaltung Lehrlinge und Studenten sich während des Häuserkampfes blutige Köpfe holten. Für sie und die Gastarbeiter sind die renovierten Wohnungen nun unerschwinglich. Die Tendenzwende hat auch vor dem Haus in der Altkönigstraße nicht Halt gemacht: die Zwischenwände sind längst gefallen und die Ein-Zimmer-Apartments wieder zu geräu-

migen Wohnungen zusammengefaßt worden – mit entsprechenden Mieten.

1968

Einblick in das Haus gegenüber

Das Haus gegenüber ist grau und seit langem nicht instand gesetzt worden. An der Seitenfront ist eine gemeißelte Steinplatte befestigt: Erbaut 1893. Das Haus gegenüber hat drei Etagen. Im Erdgeschoß befindet sich ein Bierlokal. Im ersten und im zweiten Stock wohnen Bauarbeiter.

Ich wohne im fünften Stock. Wenn ich aus dem Fenster sehe, nach Feierabend, und schon Licht eingeschaltet ist, habe ich Einblick in die Zimmer des gegenüberliegenden Hauses.
Ich beobachte die Arbeiter, die nach Hause kommen, mit einer Zeitung unter dem Arm, mit Bier- oder Weinflaschen in der Hand. Oder sie haben die Hände tief in die Taschen gesteckt und gehen krumm, wenn sie die Tür zu ihrem Zimmer aufstoßen, die nur angelehnt war.

Die Fenster im Haus gegenüber sind nicht verhängt.

Im zweiten Stock rechts wohnt der Polier, der Korporal vom Bau. Er ist dick, ein Fleischberg, und er setzt sich nicht hin, ohne mit beiden Händen auf den Tisch zu hauen. Wahrscheinlich überspielt er nur seine Müdigkeit mit diesem auftrumpfenden Lärm. Er stützt sich auf, läßt sich sozusagen auf den Tisch fallen.
Als erstes öffnet er knallend eine Flasche Bier und legt den Mund auf den Flaschenhals, um den Schaum abzufangen.

Die gefährlichste Kampfansage ist, wenn dir einer auf die Schulter schlägt, weil er die Kriegserklärung, ohne es selber

zu wissen, in Form einer Liebeserklärung überbringt.
Der Polier hat ein Zimmer für sich allein. Hat er sein Bier ausgetrunken und sich umgezogen, sehe ich ihn in die anderen Zimmer gehen und seinen Kollegen auf die Schulter schlagen.
Sein Gesicht läßt nicht nur auf einen überfüllten Magen und auf erhöhten Blutdruck schließen, es erinnert auch an einen mit Bier vollgesogenen Schwamm.

Die Glühbirnen im Haus gegenüber sind nicht abgeschirmt.

Der Spiegel, Nr. 29/1970.
»In New York verprügelten die gutverdienenden, um ihre Privilegien besorgten Bauarbeiter demonstrierende Studenten ›nach der klassischen Art hitlerischer Straßentaktik‹. Als sie anschließend in ihre Baustellen zurückmarschierten, flatterten aus allen Wolkenkratzern Papierschnitzel – die Schlägerkolonnen wurden gefeiert wie zurückgekehrte Astronauten.«

Im Haus gegenüber leben keine Frauen und Mädchen.

Um die Leute, die dort wohnen, kennenzulernen, muß ich in ihre Kneipe gehen. Ich nehme ein Tonbandgerät mit, das ich in meine Einkaufstasche stecke.

Ein Ägypter hat sich zu mir an den Tisch gesetzt. Er ist klein und breit und hat Glatze. Obwohl ich ihm schon mehrmals gesagt habe, ich würde meine Bestellungen alleine aufgeben, bestellt er immer wieder Bier für mich. Ich trinke kein Bier, also trinkt er es selber. Er redet pausenlos auf mich ein. Er sagt, ich komme nicht vom Dorf, ich komme aus einer großen Stadt. Bei uns zu Hause ist immer Krieg. Immerzu Krieg. Ich habe Angst, ich will keinen Krieg. Katholiken, Juden, Muslims, alle sollen zusammenleben. Wir arbeiten alle, haben Frauen und Kinder, müssen zusammenleben. Ich habe Angst vor Bomben, und ich lege keine Bomben. Ich bin in acht Jahren zweimal zu Hause gewesen.

Im Haus gegenüber werden viele Sprachen gesprochen.

Das Haus gegenüber wird abgebrochen. Den ehemaligen Mietern ist schon vor zwei Monaten gekündigt worden, deshalb ist es zur Zeit mit Bauarbeitern belegt. Die Baustelle, auf der sie arbeiten und die von dem dicken Polier geleitet wird, liegt auf dem Nebengrundstück.

Das Haus gegenüber ist kinderlos.

Der Ägypter spricht ohne Unterlaß. Er sagt, meine Frau ist tot. Was ich mir alles wünsche, aber keine deutsche Frau. Die deutschen Frauen lügen. Die deutschen Frauen sind falsch. Eine Frau muß saubermachen, alles reinemachen und kochen. Meine Frau war arm, sie hatte kein Geld. Ihr Vater hatte kein Geld. Ich habe Maurer gelernt, jetzt bin ich Vorarbeiter. Die Frau soll nicht arbeiten, nicht dünn und mager werden. Oh, wenn ich nach Hause kam, hat es geduftet nach Essen. Alles war sauber. Ich habe keine Kinder. Jetzt bin ich schon vierzig und habe keine Kinder. Die deutschen Frauen sind so dünn.

Die Bauarbeiter, die das Haus gegenüber bewohnen, arbeiten am Sonnabend genauso lange wie wochentags. Sie fangen morgens um sieben Uhr an und hören im Sommer abends um neun, im Winter abends um sieben Uhr auf. Der Achtstundentag gehört der Geschichte an. Der Polier sagt, die wollen das so.

Im Haus gegenüber laufen die Münder wie Motoren.

Der Polier scheint auch ein Tonband versteckt zu haben, in

seinem Kopf. Das Band läuft ununterbrochen und benutzt seinen Mund nur als Lautsprecher. Er sagt, daß die Gastarbeiter hier hundertfuffzig Mark zahlen, das is doch nich meine Angelegenheit. Ja, wieso, wieso macht dann ein türkischer, ein türkischer Steppenjunge – auf Deutsch gesagt – für Türken, Moment, Moment . . . Er kauft hier in Deutschland ein Haus und läßt die Türken, seine eigenen Landsleute, hundertfuffzig Mark zahlen, Zimmer für vier Mann. Na bitte. Wieso macht ein Nordafrikaner, also ein Marokkaner, hier in Frankfurt ein Haus auf und läßt mit sechs Mann in einem Zimmer schlafen, für hundertdreißig Mark pro Kopf. Ja, ist das Sozialismus? Ist das Kameradschaft? Bei uns hieß das früher noch Kameradschaft. Ist das Kameradschaft, oder nicht? Na, bitte, das ist doch der Haken. Und sind wir als Deutsche denn immernoch die Blöden, die sich alles in die Schuhe schieben lassen?

Der Spiegel, Nr. 29/1970.
»Der Stolz der Patrioten sind seither die Dickschädel mit den Plastikhelmen auf den kurzgeschorenen Haaren. Sie symbolisieren jetzt Amerika – die ›hardhats‹. Nach der Prügelpremiere marschierten in New York über hunderttausend ›hardhats‹ ein zweites Mal mit Sternenbanner und Pro-Nixon-Plakaten durch die Straßen, sangen die Nationalhymne und griffen Studenten an.«

Im Haus gegenüber wird zu vielen Göttern gebetet. Wie spät ist es jetzt in Mekka? Hier ist es acht Uhr abends.
Hinter dem mittleren Fenster im ersten Stock sehe ich einen Mann, der sich auf dem Fußboden zu schaffen macht. Außer ihm scheint niemand im Zimmer zu sein. Jetzt kniet er sich hin. Er kniet auf etwas Rotem, leuchtend Rotem. Er schwankt. Er beugt sich vor und zurück, zieht den Kopf ein und macht einen Katzenbuckel. Er legt sich weit nach vorne und verharrt lange in dieser Stellung. Er kehrt mir den Rücken zu. Nun erhebt er sich wieder und nickt mehrmals

mit dem Kopf. Ich sehe ihn auf seinen Hacken sitzen. Dann beugt er sich wieder vor, noch weiter vor, er muß längst mit dem Gesicht auf der Erde liegen. Dreimal, viermal hebt er den Kopf, legt dann aber das Gesicht wieder auf den Boden.
Ich erwarte jeden Augenblick, den Teppich aufsteigen und davonfliegen zu sehen.
Nein, der Mann nickt wieder mit dem Kopf und dienert in sein Zimmer hinein. Er bestätigt den Empfang eines verheißungsvollen Schreibens. Endlich steht er auf. Er rollt den knallroten Läufer zusammen und verschwindet in einem Teil des Zimmers, das für mich im Dunkeln liegt. Seine Schuhe stehen noch da. Wie spät ist es jetzt in Mekka?

Das Bewußtsein der Leute im Haus gegenüber steckt noch im Feudalismus.

Ich gehe in die Kneipe, und schon setzt sich der Ägypter wieder zu mir. Er kann es nicht gewesen sein, den ich soeben beobachtet habe, denn er trinkt Bier. Da es mir selten gelingt, ihn zu unterbrechen, kommt kein Gespräch zustande. Er sagt, ich will keine deutsche Frau, aber zu Hause habe ich Angst. Bei uns ist immerzu Krieg. Die Juden sind Arbeiter. Ich bin Arbeiter. Ich bin seit acht Jahren in Deutschland. Jetzt bin ich Vorarbeiter.
Ich überlege, wie ich meinen Tischgenossen loswerde, ohne selber gehen zu müssen.

Das Haus gegenüber riecht wie ein abgelegener Grenzbahnhof.

Um auszudrücken, wie das Haus gegenüber riecht oder sich anfühlt, muß ich vergleichen. Mir stehen keine Wörter zur Verfügung. Der Vergleich kann die Wahrnehmung zwar nicht ersetzen, aber er kann erläutern.

Das Haus gegenüber faßt sich an wie eine Bauernhand im Herbst.

Der Ägypter sagt, eine Frau soll zu Hause bleiben und nicht trinken.
Jetzt fängt er so an, aber ich soll mich hier vollaufen lassen, damit er nicht alleine ist.
Ich stelle mein Tonband ab und zahle.

Ob Deutsche oder Gastarbeiter, Frauen gegenüber spielen sie sich auf wie eine Hammelherde. Bloß weil ich in die Kneipe gehe, kehren sie den Leithammel hervor. Wenn sie denken, an mir auslassen zu können, was ihnen bei Tage von ihren deutschen Kollegen angetan wird, haben sie sich geirrt.

Langsam sehe ich das Haus gegenüber in anderem Licht.

Auch der Polier läßt abends in der Kneipe niemanden zu Wort kommen. Er erzählt, sechzehn'halb Jahr war ich, als ich i'n Krieg gekommen bin, Kriegsfreiwilliger. Ich war in Italien und in Frankreich. Und wenn ich jetzt sagen soll, wo es mir besser gefallen hat, in Italien oder in Frankreich, kann ich schlecht sagen. Das hat jetzt mit einer, irgendwie mit einer Nationalität gar nix zu tun, denn es war ja damals Krieg. Wir warn ja sozusagen die Sieger, und der Sieger hat zu bestimmen, was die andern machen müssen, is ja klar. Ob das in Italien oder in Frankreich war, da hieß es nur, deutsche Armee rückt vor, alles andere unterwirft sich der Kommandantur. Nun, da mußten die spurn. Wenn die nich gespurt haben, sind se kassiert worden. Wenn wir als Grundsoldaten gekämpft haben, haben wir mit dem politischen Zirkus gar nix zu tun gehabt. Gar nix. Überhaupt nix.

Heute haben wir den Stammtisch in Beschlag genommen.

Ich sitze zwischen Studenten und Bauarbeitern. Wir sind sieben Leute am Tisch, aber nur einer redet: der Polier.
Ich habe den Kassettenrecorder in meine Handtasche gepreßt und die Tasche auf den Tisch gelegt.
Von einem der anderen Tische kommt ein Arbeiter auf den Polier zu und sagt, Sie haben mir ein Bier versprochen. Der Polier sagt, gewiß, gewiß, dabei bleibe ich auch. Was ich versprochen habe, das halte ich, oder? Der Arbeiter sagt, das stimmt, darf ich mich mit hierher setzen? Der Polier sagt, nein, nein, bleib du mal an deinem alten Platz. Der Arbeiter sagt, Sie haben mich doch eingeladen. Einer der Studenten sagt, warum soll er sich denn nicht hersetzen? Der Polier sagt, weil ich ihn hier nicht haben will, der quatscht mir zu viel. Der Arbeiter läßt nicht locker. Er sagt, aber was soll ich alleine an meinem Tisch, wo sie mich doch eingeladen haben. Der Polier sagt, du kriegst dein Bier, geh an deinen alten Platz und ruf den Wirt. Ich bezahle es dann nachher. Der Arbeiter wendet sich an uns und sagt, er ist mein Polier, er ist ein guter Polier. Der Polier sagt, jadoch, ich bin ein guter Polier, aber jetzt laß mich in Frieden. Der Arbeiter sagt, ich habe nie einen so guten Polier gekannt. Der Polier sagt, hau jetzt ab, aber schnell, verschwinde! Der Arbeiter sagt, ich gehe, ich gehe ja schon. Der Polier sagt, der alte Itaker der! Ich sage, kommt er aus Italien? Der Polier sagt, i wo, der ist irgendwo aus Jugoslawien. Ein Student sagt, er scheint sich sehr einsam zu fühlen. Der Polier sagt, soll er sich eine Freundin suchen, tricko, tracko, in Baracko! Ha ha ha.

Im Haus gegenüber wird Völkerschlacht gespielt.

Der Spiegel, Nr. 29/1970.
»›Wenn dein Herz nicht an Amerika denkt‹, wollten die Arbeiter nach Meinung der ›New York Times Review of Books‹ sagen, ›sieh zu, daß du hier verschwindest! Rotes Schwein, brüllender Bastard, halt's Maul, hau ab, verschwin-

de! Du trägst keine Fahne, ich aber, ich trage eine und du nicht, und wenn du mich fragst: Das bedeutet, daß du ein Feind der Fahne, meiner Nation und meines Gottes bist.‹«

Der Polier, ein Spanier und die Wirtin spielen Chikago. Das hört sich folgendermaßen an: Mensch, jawoll. Und mir wollen Sie was erzählen. Ich spiele seit fuffzig Jahren Chikago. Erzähl mir was, junger Mann. Weiter. Wieviel hast du? Das ist nicht genug. Nochmal druff. Geben Sie mir alle drei. Ich suche mir einen aus. Was, keinen Schnaps? Bier, meinetwegen. Ich suche mir einen aus. Ich habe. Er hat. Ich habe abgelegt. Mäuschen, du hast mir versprochen, daß du hinter der Theke keinen Schnaps mehr trinkst. Quatsch. Warte mal. Warte mal. Komm! Wo gehst du denn schon wieder hin? Hiergeblieben! Es wird hiergeblieben! Wenn Du einen Feuerreiter trinkst, dann trinke ich auch einen Feuerreiter. Moment. Oijoijoijoi. Weiter, fröhlich geliebt und selig gestorben, ist dem Teufel das Essen verdorben. Wenn ich heute nach Hause komme, und stoße wieder auf dieses Nudelholz, dann werde ich wach. Dann gehts rund, dann werde ich böse. Was ist denn los, hast du Angst? Eben nicht. Krach und Zank halten beweglich ein Leben lang.

Die Möbel im Haus gegenüber sind einheitlich.

Das Zimmer im zweiten Stock links wirkt immer überfüllt. Ich sehe vier Doppelstockbetten. Wahrscheinlich wohnen in dem Zimmer acht Arbeiter. Vielleicht schlafen sie aber auch nur in diesem Zimmer, und ihnen steht ein anderes, das ich nicht sehe, als Aufenthaltsraum zur Verfügung.
In diesem Zimmer oben links beobachte ich einen Mann beim Strümpfewaschen. Er hat viel zuviel Seifenpulver genommen. In seiner Schüssel muß mehr Schaum als Wasser sein. Ich sehe ihn bis zu den Ellenbogen im Schaum herumkrabbeln, dann holt er einen dunklen Socken hervor und hält ihn gegen das Fenster. Er legt ihn wieder in die Schüssel,

wringt ihn aus und breitet ihn sorgfältig über die Heizung. Warum können Männer nicht Strümpfe waschen? Er kommt nicht darauf, daß man Wäsche nach dem Waschen auch spülen muß. Wenn er sich rasiert, geht er auch nicht mit der Seife im Gesicht zum Tanz.
Der Schaum ist zusammengefallen, er leuchtet nicht mehr. Der Mann hat mindestens fünf Paar Strümpfe ausgewrungen und auf die Heizung gelegt. In diesen Strümpfen steht er morgen wie in einem Faß voll ranziger Butter.
Soll ich drüben anrufen und ihm sagen lassen, Strümpfe müßten nach dem Waschen gespült werden? Ach, was gehen mich seine Schweißfüße an.

Das Haus gegenüber hat ein Schieferdach. Die Bauarbeiter tragen schiefergraue Unterwäsche, Hemden mit langen Ärmeln und lange Unterhosen.

Warum exportiere ich meine Fantasie in das Haus gegenüber und hole sie in fertigen Sätzen wieder heraus?

Ich kann die Kneipe nicht mehr betreten, ohne daß der Ägypter mich mit seinem Gefasel überfällt. Da, schon geht es wieder los, »meine Frau«, »deutsche Frau«, »Krieg«, »ich bin Vorarbeiter«, usw. usw. So weit kommt es noch, daß ich seinetwegen nicht mehr in die Kneipe gehen kann. Ich setze mich zur Wehr und sage, jadoch, jadoch, das haben Sie mir alles schon hundertmal erzählt. Er sagt, Frau nicht arbeiten, soll nicht arbeiten. Ich sage, dann eben nicht, ist mir doch egal. Er sagt, die Frau soll zu Hause bleiben, alles schön machen. Ich sage, ich kann mir gut vorstellen, daß Ihre Frau lieber zu Hause geblieben ist. Er sagt, und nicht mager sein, nicht dünn. Ich sage, ich bin lieber dünn, dann kann ich besser weglaufen. Er sagt, sie soll nicht aus dem Hause gehen. Ich sage, die Ärmste, die hat es bei Ihnen nicht leicht gehabt. Er sagt, die Frau soll nicht trinken, nicht Alkohol. Ich sage, lassen Sie mich in Ruhe! Er sagt, nun, nun, warum

bist du böse? Ich sage, ich bin nicht böse. Er sagt, Herr Wirt, noch zwei Bier. Ich sage, verschwinden Sie! Hauen Sie ab! Er sagt, ich bin nicht böse, du bist nicht böse, was ist los plötzlich? Ich sage, kein Wunder, daß Ihre Frau tot ist. Entweder ist sie zu Hause erstickt oder verdurstet, oder sie hat sich an Ihrer Quasselstrippe erhängt. Jetzt wird er rasend. Ich rechne damit, eine geklebt zu kriegen.
Er schreit, du, du, meine Frau war eine gute Frau. Noch ein Wort über meine Frau, du! Ich zerreiße dich Stück für Stück. Ich sage, das ging nicht gegen Ihre Frau, sondern gegen Sie. Ich möchte mal wissen, was Sie im Kopf haben. Er schreit, ja ich bin Kopte, aber du gehst trinken, das hat meine Frau nicht gemacht, huuuh. Ich schreie jetzt auch, halt endlich dein Maul! Zieh Leine! Abhauen sollst du, aber schnell! Er sieht mich ganz groß an. Er steht auf und geht sofort an einen anderen Tisch. Wahrscheinlich ekelt er sich, wenn eine Frau diese Töne anschlägt.
So, den wären wir los.

Warum gehe ich in die Bierschwemme, mein Tonband in der Einkaufstasche versteckt, und lasse den Wortschwall motorisierter Münder über mich ergehen? Weil ich gerne in die Kneipe gehe und gerne Schnaps trinke, deswegen.

Der Polier ist nicht besser, aber er rückt mir wenigstens nicht auf die Pelle. Er redet: Also ich hab jetzt gerade einen Kollegen von mir hier, der is von Amerika zurückgekommen, der sagt, zuerst war ich nich dagegen, weil ein Schwarzer auch ein Mensch ist. Aber heute bin ich genau der Auffassung wie der Amerikaner. Ein Nigger bleibt ein Nigger, sagt der. Und warum soll ich ihm nicht Recht geben, nachdem, was er drüben gesehen hat. Der sagt, du kannst nachts mit dem Buick, mit dem Mustang nich durchfahrn durch das Land von den Niggern. Da mußt du gewärtig sein, daß sie dir die Reifen durchschießen, und wenn du einen Platten hast, holen sie dich raus. Ja, das sind Argumente, hat er gesagt, die haben mit Sozialismus, mit Soli . . ., Solidari . . . gar nix zu tun. Und das stimmt, das glaub ich dem auch.

Die Sprechakte des Poliers scheinen von Faustregeln und nicht von Sprachregeln bestimmt zu sein.

Die Stimmen im Haus gegenüber laufen auf vollen Touren.

Der Spiegel, Nr. 29/1970.
»Das New Yorker Hauptquartier der Bauarbeiter wurde mit Anerkennungsbotschaften aus dem ganzen Land überschwemmt. Richard Nixon bedankte sich bei den Repräsentanten der Schlägerkolonnen für die ›enorme Unterstützung für unsere Nation, denn das bedeutet sehr viel für unsere Männer, die für den Frieden in Südostasien kämpfen‹«.

Im Haus gegenüber ist es abends laut.

Der Polier bringt es fertig, genau da einzusetzen, wo er am Vorabend aufgehört hat. Er sagt, mein Kollege, der macht jetzt 'n Vierteljahr Urlaub. Sonst schafft er drüben bei den Heliokopterwerken, die in Vietnam die Tiefangriffe fliegen. Der sagt, wir haben pro Tag eine Kapazität von fünfhundert Maschinen, und da können sie getrost zwohundert von abschießen, leben immernoch dreihundert, sagt er. Wenn das kein politischer Krieg wär in Indochina, da würde der Amerikaner nicht nur eine oder zwei Divisionen reinschmeißen, sondern fuffzig. Die hätt er zur Verfügung. Und da wär alles geritzt, alles. Aber es ist ein politischer Krieg, und die können nicht. Entweder hängt der Iwan dazwischen oder der Chinese. Und die wollen keine großen Feindmachtseligkeiten haben zwischen Amerika und den Russen. Vietnam aber wär vergessen, ausradiert wärs. Wie 'ne Dampfwalze würde der Amerikaner drüber gehen, wenn das Vaterland nicht auf dem Spiel stände, wie 'ne Dampfwalze.

Sonntags schläft das Haus gegenüber.

Das Vaterland ist immer nur Vaters Land. Der es aufs Spiel setzt, kann nur der Landesvater sein.
Wenn das Vaterland erst auf dem Spiel steht, wird es ernst fürs Volk.

Nachdem ich mehrere Male in der Kneipe war, fasse ich meine Erfahrungen mit der Umgangssprache zusammen: In New York sagt ein Bauarbeiter zu einem Studenten, hau ab! Sieh zu, daß du hier verschwindest! Halt's Maul, hau ab, verschwinde! Im Haus gegenüber sagt ein Polier zu einem Gastarbeiter, verdufte! Laß mich in Ruhe! Verschwinde! In der Kneipe sagt eine Frau zu einem Gastarbeiter, verschwinde! Halt's Maul! Hau ab und zieh Leine! Dreimal dieselben Zeichen, mit anderer Bedeutung. Einmal Mordandrohung, zum anderen Verachtung und in meinem Falle Notwehr.

Das Haus gegenüber wird von der Abbruchfirma übernommen. Die Möbel werden abtransportiert und in einem anderen Wohnheim aufgestellt. Gerüste und Zeltplanen verkleiden das Haus gegenüber, damit der Staub nicht das Viertel eindeckt. Ich sehe die Abbruch-Arbeiter mit ihren Hacken über Zinnen und Balken balancieren.

Die Spatzen pfeifen es von den Dächern, daß die Abbruchfirma Ausländer einstellt, die weder eine Aufenthaltsgenehmigung noch eine Arbeitserlaubnis haben. Abgesehen davon, daß sie für wenig Geld arbeiten, braucht die Firma sie nicht zu versichern, weil ihre Namen nirgends geführt werden dürfen. Wer runterfällt, hat selber Schuld.

Die Kneipe wird zugemacht. Der Wirt sagt, ich habe viele Möglichkeiten. Vielleicht gehe ich in ein Reisebüro, oder ich werde Vertreter.

1970

Kaffeestunde in Frankfurt
(zusammen mit Horst Karasek)

Montagmorgen. Die Handwerker sind im Haus. Sie klopfen, sägen, hämmern, bohren und schweißen. Seit über einem Monat sind die Handwerker im Haus. Ein Handwerker steht in der offenen Tür und sagt, heute legen wir die Leitungen. Die Heizkörper müssen angeschlossen werden. Morgen wird das Wasser in die Rohre geleitet und übermorgen die Heizung im ganzen Haus noch einmal überprüft. Ich sage, komm Helga, bloß raus hier.

Den Unterschied zwischen einem Café und einem Stammcafé macht der Gast. Der Gast wird außer nach seiner Geldbörse auch nach der Länge seines Haupthaars beurteilt. Die Beatles, Jan Kremer, Fritz Teufel oder Peter Handke werden nicht nach der Länge ihres Haupthaars beurteilt, sondern nach ihrem Marktwert. Freiberufstätige gehen öfter ins Café als Angestellte. Sie gehen vormittags ins Café. Rentner, Studenten, Kinder unter vierzehn Jahren, Schriftsteller, Gammler arbeiten nicht. Stammgast ist der Gast, der regelmäßig in demselben Café verkehrt. Freiberufstätige, die regelmäßig in dasselbe Café gehen, gehen in ihr Stammcafé. Sie sind Stammgäste. Stammgäste werden bevorzugt.

Montagmorgen.
Helga sagt, ich muß arbeiten, ich weiß nicht mehr, wie ich aus diesem Lärm rauskomme. Ich brauche Ruhe.
Ich sage, schreiben kann man überall, wenn man nur will.
Sie sagt, nein.
Ich sage, sogar im Gefängnis.
Sie sagt, die Gelegenheit wirst du schon noch kriegen.
Ich sage, glaubst du?
Helga lacht. Sie sagt, wir gehen ins Café.
Ich sage, ausgerechnet.
Sie sagt, trink wenigstens eine Tasse Kaffee mit mir.

Ich sage, Blödsinn, im Café schreiben zu wollen.
Helga sagt, es ist doch mein Stammcafé.

Ein Wirt nimmt kein Trinkgeld. Cafés haben keinen Wirt. Wer einem Wirt Trinkgeld gibt, beleidigt ihn. Freiberufstätige nehmen sich die Freiheit, sich in ihrem Stammcafé beruflich zu betätigen. Sie skizzieren, notieren, komponieren, lesen, fantasieren und schwatzen im Café. Das Café gehört dem Kaffeehausbesitzer. Ein Kaffeehausbesitzer gilt als Hausbesitzer. Auch wenn ihm das Haus nicht gehört, besitzt er in seinem Café das Hausrecht. Das Hausrecht ist unter anderem das Recht zur Wahrung des Hausfriedens. Wer Rechte hat, hat auch Pflichten. Stammgäste werden bevorzugt. Zu ihrer Bevorzugung gehört die Wahrung des Hausfriedens durch den Kaffeehausbesitzer. Wer einer Serviererin kein Trinkgeld gibt, beleidigt sie. Das Romanische Café ist tot. Der Hausfriede ist nach Artikel 13 des Grundgesetzes das Recht auf ungestörte Betätigung innerhalb der eigenen Wohnung und im umfriedeten Besitz. Serviererinnen nehmen Trinkgeld. Hausbesitzer fackeln nicht lange.

»Frankfurter Rundschau« vom 16. September 1968:
»Der Geschäftsführer Helmut Rimbach hatte sich am 8. September geweigert, einige Jugendliche zu bedienen, weil er und seine Gäste an deren allzu saloppem Aufzug Anstoß nahmen. Die Jugendlichen, an deren Spitze Paul Gerhard Hübsch (22) – er nennt sich ›Jungschriftsteller‹ – kamen noch zweimal wieder und begehrten abermals Bedienung. In beiden Fällen wurden sie mit Polizeigewalt entfernt.«

Zum Café hinauf führt eine Steintreppe. Sie hat zwölf Stufen. Rechts und links vom Haupteingang ist eine Terrasse. Die Terrasse ist leer. Wir gehen ins Café. Das Café ist leer. Helga sagt, es ist noch früh.
Wir gehen in den Nebenraum. Im Nebenraum sitzen einige ältere Herren. Sie lesen Zeitungen.

Helga sagt, hier haben wir Ruhe.
Sie breitet ihr Schreibzeug vor sich aus.
Ich sage, ich bleibe nicht lange.
Sie sagt, du sollst nur einen Kaffee mit mir trinken. Dann kannst du gehen.
Die Serviererin tritt an unseren Tisch. Sie hat Dauerkrause.
Sie trägt ein Spitzenschürzchen.
Helga sagt, zwei Tassen Kaffee bitte.
Die Serviererin sagt, ich denke nicht daran. Hier weht jetzt ein anderer Wind.
Helga lächelt. Sie scheint die Serviererin nicht zu verstehen.
Die Serviererin sagt, verlassen Sie beide sofort das Café.

Das Haupthaar ist ein sekundäres Geschlechtsmerkmal. Das primäre Geschlechtsmerkmal öffentlich herumzuzeigen ist verboten. Kollaborateurinnen werden zur Strafe geschoren. »Samson« ist hebräisch und heißt Sonnenmann. Samson war Nasiräer. Seine Kraft lag in der Länge seines Haupthaars. Nachdem Dalila ihn beschnitten hatte, war es aus mit ihm.

Helga sagt, ich bitte Sie. Ich sitze jeden Tag hier, Sie kennen mich doch.
Die Serviererin zeigt auf mich und sagt, mit dieser Frisur darf ich den da nicht bedienen.
Ich stehe auf. Helga bleibt sitzen.
Sie sagt, sehen Sie sich mal im Spiegel an.
Die Serviererin sagt laut, das können wir unseren Stammgästen nicht länger zumuten.
Helga schreit, ich bin Stammgast, wie Sie wissen.
Die Serviererin sagt, hinaus mit Ihnen, sonst hole ich den Chef.
Ich sage, komm, wir gehen.
Helga sagt, entschuldige mal, ich habe hier nicht nur täglich Kaffee getrunken, sondern auch Mittag gegessen.
Ich sage, glaubst du wirklich, daß du dir für Geld alles kaufen kannst?

Helga sagt, holen Sie Ihren Chef, der kriegt seinen eigenen Kuchen ins Gesicht.
Die Serviererin sagt, das hat man in der vorigen Woche schon versucht.

Kinder gehen nicht gern zum Friseur. Die Augen sind das Empfindlichste am Menschen. Beschneiden ist Kastration. Kastrationsangst schließt die Angst vor der Blendung und dem Haareschneiden ein. Ein Aha-Erlebnis ist ein plötzliches und einfallartiges Erlebnis, durch das Zusammenhänge erkannt werden. Aha-Erlebnis: wer klar sieht und lange Haare hat, arbeitet nicht, er will bloß ins Bett. Dalila hat Samson die Haare im Bett abgeschnitten. Astronauten tragen kurze Haare. Kastration macht Tiere im Umgang mit Menschen gefügig. Kastraten verharren in der Alt-Sopran-Lage. Wer befiehlt, spricht hoch. Kaffehausbesitzer haben kein Ungeziefer.

»Frankfurter Allgemeine Zeitung« vom 16. September 1968:
»Mehrere Stunden lang haben junge Leute, die sich ›Jungintellektuelle und Künstler‹ nennen, für Außenstehende hingegen ›Provos‹ sind, ein Westend-Café belagert. Sie protestierten dagegen, daß der Wirt angeblich Personen ihresgleichen nicht bedient oder vor die Tür setzt.«

Hausfriedensbruch ist das widerrechtliche Eindringen und unbefugte Verweilen in dem Besitz eines anderen und wird auf Antrag des Verletzten nach den §§ 123, 124 des Strafgesetzbuches mit Geldstrafe oder Gefängnis bestraft. In Österreich wird der Hausfriedensbruch als Verbrechen von Amts wegen nach den §§ 83, 84 des Strafgesetzbuches mit schwerem Kerker bestraft.

Das Café »Laumer« liegt in der Bockenheimer Landstraße. Kommt man vom Opernplatz, liegt es linkerhand Bockenheimer Landstraße/Ecke Brentanostraße. Geht man auf dem linken Bürgersteig weiter in Richtung Universität, stößt man dreihundert Schritte weiter auf »Heidi loves You Shop«. »Heidi loves You Shop« ist in einem Keller untergebracht. Er wird von dem jungen Schriftsteller Paul Gerhard Hübsch geleitet. Im »Heidi loves You Shop« darf jedermann sitzen, trinken, sitzen ohne zu trinken, lesen, Bücher kaufen, lesen ohne die Bücher zu kaufen, Platten hören, sie kaufen, sie hören ohne sie zu kaufen. »Heidi loves You Shop« hat die Polizei versiegelt. Sie hat im Besitz eines Gastes drei Gramm Haschisch gefunden.

»Frankfurter Rundschau« vom 16. September 1968:
»P. G. Hübsch, der in der Bockenheimer Landstraße einen ›Hippie-Laden‹ betreiben soll, war von Rimbach bereits in der vergangenen Woche wegen Hausfriedensbruch angezeigt worden. Dessen ungeachtet erschien er am Samstag mit etwa dreißig Freunden und wurde wegen renitenten Verhaltens an die Luft gesetzt«.

Wir kommen am Café »Laumer« vorbei. Vor dem Café stehen mehrere junge Leute. Vor dem Café treffen wir Heidi und Paul Gerhard Hübsch.
Ich sage, was ist denn hier los?
Sie sagen, man hat uns nicht bedienen wollen.
Jemand sagt, Quatsch, rausgeworfen hat man uns.
Ich sage, ist uns auch schon passiert.
Jemand sagt, los, wir gehen einfach wieder rein.
Ich sage zu Helga, ich habe keine Lust, da nochmal reinzugehen.
Helga sagt, selbstverständlich gehen wir mit rein. Ich habe eine Menge Geld hiergelassen. Ich bin lange genug Stammgast gewesen.
Ich sage, du mit deiner Stammgastideologie.
Wir sind ungefähr zwanzig junge Leute. Wir setzen uns an die freien Tische. Wir werden nicht bedient und rufen nach

Kaffee und Kuchen. Wir warten. Die anderen Gäste starren uns an. Wir stehen auf und gehen ans Büfett. Die Kuchenmamsell schüttelt den Kopf.
Sie sagt, ich darf Sie nicht bedienen.
Einige rufen, dann bedienen wir uns selber.
Einige greifen nach Kuchen und Tortenstücken.

Selbsthilfe ist der eigenmächtige Eingriff in einen fremden Rechtsbereich. Im Bürgerlichen Recht ist nach § 229 ff. des Bürgerlichen Gesetzbuches die Selbsthilfe nicht widerrechtlich, wenn obrigkeitliche Hilfe nicht rechtzeitig zu erlangen ist. Kaffehausbesitzer können sich keinen Rauswerfer leisten und müssen deshalb die Polizei rufen. Wenn sich ein Stammgast im Laufe seiner Stammgastzeit die Haare wachsen läßt, wird der Kaffeehausbesitzer ihn eines Tages auffordern, das Café zu verlassen.

Hinter der Theke liegt die Küche. Die Küchentür steht offen. Einige von uns gehen zur Küche.
Sie sagen, wir wollen den Boß sprechen.
Sie rufen, Rimbach, komm raus!
Rimbach steht in der Küchentür. Er trägt eine weiße Schürze. Sein Gesicht ist weiß.
Er sagt, verschwinden Sie, ich lasse die Polizei rufen.
Paul Gerhard Hübsch sagt, Herr Rimbach, sind Sie vielleicht Jude? Was haben Sie nach dreiunddreißig gemacht, als man Juden nirgends mehr bediente?
Rimbach greift zu seinem Spazierstock. Er schlägt auf Paul Gerhard Hübsch ein. Er schlägt ihm den Rücken blutig. Wir drängen Rimbach in die Küche. Wir entwinden ihm den Stock. Drei Polizisten erscheinen und fordern uns auf, das Café zu verlassen.

Notwehr umfaßt nach § 227 des Bürgerlichen Gesetzbuches auch die Verteidigung gegen Angriffe auf die Ehre. Der Stammgast verteidigt seine Stammgastehre. Er sagt zu dem

Kaffeehausbesitzer, was hätten Sie als Jude damals gemacht, als man sie aus den Kaffeehäusern herausgeworfen hat? Mit dieser Bemerkung zwingt der Stammgast den Kaffeehausbesitzer zur Notwehr. Der Kaffeehausbesitzer schlägt mit seinem Spazierstock. Notwehrexzeß ist straflos, wenn der in Notwehr Gedrängte in Bestürzung, Furcht oder Schrecken gehandelt hat. Nennt in einem deutschen Kaffeehaus ein Bürger einen anderen Bürger »Jude« so ist der Bürger bestürzt.

»Frankfurter Rundschau« vom 16. September 1968:
»Dieser Zwischenfall sprach sich herum. In aller Eile hektografierte man ein Flugblatt, in dem es hieß: ›Freunde, Ihr werdet im Café Laumer erwartet.
1. Von Big Boss Laumann, der soeben mit einem Helfer den Gast Danny in der Küche zusammenschlug, da dieser auf dem Kaffee bestand, zu dem wir ihn eingeladen hatten.
2. Von zwei Bereitschaftswagen voll Polizisten, die voll Lüsternheit auf Eure schönen Köpfe warten. Also, bis gleich!‹
Gegen vierzehn Uhr dreißig rückten die ersten Demonstranten an«.

Sonntagnachmittag. Ein warmer Septembertag. Wir biegen in die Bockenheimer Landstraße ein.
Helga sagt, sieh mal, wieviel es inzwischen schon geworden sind.
Ungefähr hundert junge Leute stehen vor dem Café »Laumer«. In der Brentanostraße parken mehrere Einsatzwagen der Polizei. Polizisten riegeln den Haupteingang zum Café ab. Sie stehen auf der Steintreppe. Auf der Terrasse steht Rimbach. Er hat eine weiße Schürze um. Er sortiert die Gäste, die sein Café betreten wollen. Wer kein weißes Hemd, keinen Schlips, keinen unauffälligen Anzug trägt, wird nach links abgeschoben.

»Frankfurter Allgemeine Zeitung« vom 16. September 1968:
»Fritz Teufel sorgte dafür, daß alles mit einer Volksbelustigung endete. Auf einem Aushängekasten sitzend, hielt er Reden wie: ›Wir fordern mehr Freiheit für die Polizei ... und jetzt begrüßen wir auch den lieben Herrn Panitz vom Verfassungsschutz ... wir bitten die Polizei, dem lieben Fritz ein Megafon zu leihen ... wir fordern eine Diskussion mit Rimbach, denn Rimbach ist nicht schlecht, er ist nur verblendet‹«.

Klaus ist blond. Er hat dünnes Haar. Sein Haar ist kurz. Er trägt einen Anzug. Er hat ein weißes Hemd an. Klaus passiert die Polizeikette. Er passiert Herrn Rimbach. Er betritt das Café. Nach fünf Minuten kommt Klaus die Treppe wieder herunter.
Ich sage, du hast dich wohl gelangweilt da drin?
Klaus sagt, er hat mich wieder rausgeschickt.
Ich sage, wieso denn?
Er sagt, ich habe Zeitung gelesen.
Ich sage, na und?
Klaus sagt, ich lese Zeitung, da tritt Rimbach an mich heran und fragt, was lesen Sie denn da?
Ich sage, eine englische Zeitung. Ich lese eine englische Studentenzeitung.
Rimbach sagt, eine Studentenzeitung? Bitte, lesen Sie draußen weiter.

»Frankfurter Rundschau« vom 17. September 1968:
»›Wir haben den ganzen Tag über telefonisch Sympathieerklärungen von Gästen erhalten, die Zeugen der Vorfälle waren‹, erklärte Rimbach. Im Interesse seiner Gäste könne er von zwei Dingen nicht abgehen: ›Eine einigermaßen saubere Kleidung und ein einigermaßen anständiges Benehmen‹«.

Neue Mannschaftswagen fahren vor. Die Polizisten riegeln das ganze Café ab. Sie bilden Ketten. Die Kette vor der Steintreppe wird verstärkt. Die Kette vor dem rechten Eingang, der zum Vorgarten wie zum Gartenrestaurant führt, wird verstärkt. An der Treppe die Gasse für die zugelassenen Gäste ist sehr eng geworden.
Helga sagt, es fehlt nur noch die Ausweiskontrolle, dann sähe es aus wie am Checkpoint Charlie in Berlin.
Wir stehen vor der Steintreppe.
Plötzlich sagt Helga, ich sehe mal da drüben nach.
Sie geht unbemerkt und langsam durch den Vorgarten zum rechten Eingang hinüber. Sie steht im Rücken der Polizisten. Ich sehe Helga in Streit geraten. Ich sehe einen Polizisten sie am Mantelkragen packen. Ich laufe zu Helga, quer durch den abgesperrten Vorgarten. Ich nähere mich dem rechten Eingang, an der Straße gelegen, als ich kräftig am Ärmel zurückgezogen werde. Ich laufe. Ich höre hinter mir jemanden hinfallen.

»Frankfurter Rundschau« vom 16. September 1968:
»Ernster wurde es, als Blumen und Erde flogen. Zu diesem Zeitpunkt hatten sich handgreifliche Auseinandersetzungen entwickelt, wobei ein Demonstrant vorübergehend festgenommen, aber wieder freigelassen wurde, nachdem er seine Personalien angegeben hatte. Vom Gummiknüppel wurde nicht Gebrauch gemacht.«

Noch bevor ich Helga erreiche, sind vier Polizisten um mich herum. Sie halten mich fest. Ich versuche, mich loszureißen. Sie werfen mich zu Boden. Sie treten nach mir. Sie schleifen mich über den Kies durch den Vorgarten zum Café zurück. Ich höre von außen junge Leute rufen, befreit ihn! Ich komme auf die Beine. Ich werde wiederum zu Boden gerissen. Es sind jetzt mehr als vier Polizisten um mich herum. Ich werde die Steintreppe zum Café hochgeschleift. Ich ziehe Arme und Beine fest an mich, krümme mich. Mein

Kopf liegt auf den Stufen, zwischen den Stiefeln. Ich werde im Nacken getroffen.

»Frankfurter Allgemeine Zeitung« vom 16. September 1968:
»Von Gästen aus dem Café stammen Sätze wie ›Schlagen Sie rein, bis das Blut fließt‹«.

Das Amtsgericht. Strafbefehl.
»Die Staatsanwaltschaft beschuldigt Sie, in Frankfurt am Main am 15. September 1968 durch ein und dieselbe Handlung
a) Beamten, welche zur Vollstreckung von Gesetzen berufen sind, in der rechtmäßigen Ausübung ihres Amtes durch Gewalt Widerstand geleistet zu haben,
b) vorsätzlich andere körperlich mißhandelt zu haben.
Sie hielten sich am Nachmittag des 15. 9. zusammen mit einer größeren Gruppe junger Leute vor dem Café »Laumer« in Frankfurt/M., Bockenheimer Landstraße 67, auf und versuchten, mit diesen in das Lokal einzudringen, obwohl der Inhaber Helmut Rimbach Ihnen das Betreten seiner Räume untersagt hatte und die Zugänge zu seinem Lokal auf seine Bitte von Polizeibeamten abgesperrt worden waren.«

Ich werde hochgerissen und weiter die Stufen hinaufgezogen. Die Polizisten versuchen, mich ins Café zu bringen, um mich von den anderen zu isolieren. Ich falle wieder hin. Ich schütze meinen Kopf mit Armen und Händen. Ich höre einen Polizisten sagen, warte, wenn wir dich erst im Wagen haben. Ich halte mir die Hände vors Gesicht. Mehrere Polizisten versuchen, meine Hände auseinanderzureißen. Einer hält meine rechte Hand fest, ein anderer nimmt den Mittelfinger und biegt ihn hintenüber, bis ich aufschreie. Der Mittelfinger schwillt sofort stark an.

Strafbefehl. Fortsetzung.
»Gegen 15 Uhr 50 stießen Sie den in der Absperrungskette vor der Eingangstreppe stehenden PHW Deutschmann gewaltsam zur Seite und versuchten, über die Treppe in das Café zu gelangen. Hieran wurden Sie jedoch von den Zeugen PHW Deutschmann und PM Weinelt gehindert, die Sie zum Zwecke der Personalienfeststellung vorläufig festnahmen und zu den in der Brentanostraße abgestellten Polizeifahrzeugen bringen wollten. Hiergegen leisteten Sie heftigen Widerstand. Sie traten und schlugen wild um sich, wobei Sie PHW Deutschmann am rechten Oberschenkel trafen.«

Jetzt wird mir um jedes Handgelenk eine Knebelkette gelegt. Ein Polizist sagt, wir bringen ihn ins Café.
Ein anderer spricht mit Rimbach. Sie sind unschlüssig. Sie bringen mich auf die Terrasse. Sie drehen an den Knebelketten. Der links von mir steht, dreht immer fester.
Ich sage, hören Sie doch auf, so an der Kette zu drehen, Sie Sadist.
Daraufhin dreht er noch mehr an der Kette und sagt, da kommen wir mit ihm nicht durch.

Strafbefehl. Fortsetzung.
»Als einige der Umstehenden versuchten, Sie aus dem Gewahrsam der Polizeibeamten zu befreien, verstärkten Sie Ihre Widerstandsleistungen noch. Während Sie PHW Deutschmann mehrere Faustschläge auf die rechte Körperseite in Höhe der Brust und der Rippen versetzten, trafen Sie die ihren Kollegen zu Hilfe gekommenen Zeugen PHW Meißner und POM Wolf mehrmals mit Fußtritten an den Beinen. Erst unter Entfaltung erheblicher körperlicher Kraft gelang es den Polizeibeamten schließlich, Sie zu überwältigen und Ihnen Knebelketten anzulegen.«

Sie bringen mich wieder in den Vorgarten. Einer der Demonstranten bringt mir einen Becher Milchkaffee und ein

Stück Torte. Er flößt mir den Kaffee ein.
Er sagt, hat es dich erwischt?
Ich sage, danke, der Mittelfinger ist gebrochen.
Die Knebelketten werden gelöst. Helga kommt auf mich zugelaufen.
Sie ruft, ist dir was passiert?
Ein Polizist ergreift sie und wirft sie drei Meter auf die Straße zurück. Sie fällt lang hin. Ich werfe dem Polizisten das Stück Torte vor die Füße. Die Sahne bildet ein weißes Häufchen auf seinen schwarzen Stiefeln.
Er sagt, nur ruhig, Freundchen.

Strafbefehl. Fortsetzung.
»Vergehen nach den §§ 113 Absatz 1, 223, 232, 27 b, 73 StGB.
Der Verletzte PHW Deutschmann und der Polizeipräsident der Stadt Frankfurt/M. haben fristgerecht Strafantrag wegen Körperverletzung gestellt. Als Beweismittel hat sie bezeichnet: Zeugen:
1. PHW Reinhard Deutschmann, Ffm., 1. Polizeibereitschaft.
2. POM Hans Wolf, Ffm., 1. Polizeibereitschaft.
3. PM Karl Weinelt, Ffm., 1. Polizeibereitschaft.
4. PHW Friedhelm Meißner, Ffm., 1. Polizeibereitschaft.«

Der Einsatzleiter hat eine Brille auf.
Er sagt, haben Sie ihren Ausweis bei sich?
Ich gebe ihm meinen Ausweis. Er reicht den Ausweis weiter.
Jetzt fliegen Mohrenköpfe. Die Polizisten rechts und links von mir werden getroffen. Ich werde getroffen. Die Polizisten wischen sich ihre Uniformen ab.
Der Einsatzleiter sagt, passen Sie auf, wer da wirft. Die greifen wir uns später heraus.
Ich erhalte meinen Ausweis zurück.
Der Einsatzleiter sagt, Sie können gehen. Sie hören noch von uns.

Strafbefehl. Ende.
»Auf Antrag der Staatsanwaltschaft wird deshalb gegen Sie eine Geldstrafe von 300,– DM (in Worten dreihundert Deutsche Mark) anstelle einer an sich verwirkten Gefängnisstrafe von einem Monat festgesetzt. Zugleich werden Ihnen die Kosten des Verfahrens auferlegt.«

1968

Sprechzeit

Auf dem Weg zum Gericht durchquere ich die U-Bahnunterführung. Mir fällt ein Mann auf, der langsam die Parade der Stadtstreicher abnimmt. Er ist ungefähr dreißig Jahre alt; sein Gesicht unter dem weichen Hut wirkt gepudert und ist kugelrund. Der Mann ist gut genährt, hat Pausbacken und einen stapfenden Gang. Er lächelt sanft, als ein Vagabund ihn anspricht.
Na, wie stehts? Gibste 'n Bier aus?
Selbstverständlich! Wenn Sie mir einen Hundertmarkschein wechseln können, gebe ich ein Bier aus.
Ach, hau ab! Du eingebildetes Ferkel!
Der Mann in Anzug und Mantel, um seinen Hals hängt lose ein seidenes Tuch, sieht belustigt aus und geht ruhig weiter. Schon sehe ich ihn mit seinen gewienerten Schuhen einen anderen Penner anstoßen. Er lächelt wieder; er legt es eindeutig darauf an, in seinem Vergnügen fortzufahren. Ich eile zum Gericht.

Gregor Tomalin ist Untersuchungshäftling. Er hat seit sieben Monaten keinen Besuch empfangen dürfen. Die Besuchserlaubnis, besser der Sprechzettel, ist mir nach mehreren Anträgen per Post zugestellt worden. Jetzt bin ich unterwegs zum Haftrichter, um für Gregor Tomalin ein Paket versiegeln zu lassen.
Die Schreibstube des Richters ist eng und verlottert. Er

selbst – klein, Brillenträger, Mitte dreißig – zieht ein lahmes Knie nach. Ich werde freundlich begrüßt, wobei sein Kinnbärtchen auf und nieder wippt.
Wer hat Sie veranlaßt, Tomalin zu besuchen?
Ich habe mich aus freien Stücken bemüht.
Ein intelligenter Kerl. Aber die, denen er sich angeschlossen hat – nichts als Abenteurer.
Ich hatte keine Ahnung, daß Sie auch diejenigen gut kennen, die sich noch auf freiem Fuß befinden.
Die Tagespresse lesen, meine Dame! Lesen Sie Zeitungen!
Na, es gibt Quellen, die zuverlässiger sind.
Moment, ich muß quer über die Stempel noch meinen Namen schreiben.
Oberflächlich und ohne den Inhalt zu prüfen, beklebt der Richter das Paket rundherum mit Tesaband. Auch die Adresse umrandet er mit Klebestreifen. Dann drückt er mehrmals seinen Stempel auf die Stellen, wo das Tesaband den Karton berührt. Schließlich setzt er auf jeden einzelnen Stempel seinen Namenszug.

Tomalin ist gelernter Schreiner.
Er hat sich im Malen versucht.
Holzschnitte gelingen ihm besser.
Er hat jahrelang
in der Möbelfertigung gearbeitet.
Den ganzen Tag stehend
Tischplatten polieren!
Die Beize hat seine Augen angegriffen.
Außerdem hat er viel gelesen.
Tomalin sitzt in Einzelhaft.
Er wird mit Medikamenten behandelt.
Seine Leber tobt wie ein Trommelrevolver.

Es wird behauptet, dieser Richter sei wohlwollend.
Noch während er mit zierlichen Lettern das Paket beschriftet, erreicht ihn ein Anruf. Er hüpft hinter seinen

Schreibtisch, er entwickelt dabei eine Behendigkeit, die ich ihm nicht zugetraut hätte. Bei seinem Telefongespräch handelt es sich entweder um einen Türken oder um einen Perser.

... nichts mehr damit zu tun ... kommt überhaupt nicht in Frage ... sofort zum Flughafen ... einen Anwalt? ... wo soll er denn einen Anwalt herhaben? ... das Konsulat hat für die Unkosten aufzukommen ... ich doch nicht! ... vereitert, vereitert, das weiß ich nun schon ... Sie werden doch noch eine Trage auftreiben können ... warten kann er dort ... jadoch, stellen Sie drei oder vier Mann zur Verfügung ... dann aber nichts wie raus!

Geschäftsnummer 6 Kls 4235. Sprechzettel.

Die Inhaberin erhält hiermit die Erlaubnis, den Untersuchungsgefangenen Gregor Tomalin 30 Minuten im Beisein eines Beamten zu sprechen. Die Unterhaltung darf nur in deutscher Sprache erfolgen. Stempel des Landgerichts. Es wird mitgebracht: Unterwäsche, Oberbekleidung, Zigaretten. Stadt, Datum, Strafkammer. Unterschrift des Haftrichters. Der Haftrichter.

In der Strafanstalt sind selbst die Glühbirnen hinter Gitter.

Obwohl der Warteraum groß genug ist, rücken die Menschen eng zusammen. Unvermittelt flackern Unterhaltungen auf und brechen ebenso plötzlich ab. Hier wird Zeit totgeschlagen.

Einer schiebt seine riesigen Hände auf den Tisch und zieht sie wieder zurück.

Ein anderer steht auf, geht ein Stück, setzt sich, steht auf.

Eine Dame mit lackierten Haaren bleibt überhaupt stehen und schaut hochmütig auf uns herab.

Ein junges Paar sitzt dicht nebeneinander auf der Bank und verfolgt ängstlich jede Bewegung im Raum.

Drei Frauen sprechen serbokroatisch und scheinen wütend zu sein.

Sowie einer das Wartezimmer verläßt oder ein Neuankömmling sich hereindrückt, weicht ihm die stehende Dame aus. Die Lampengitter werfen karierte Muster.

Gregor Tomalin ist achtundzwanzig
und jagt immer noch seinem Schatten nach.
Als er sieben war, drehte er sich
auf dem Schulhof pausenlos umeinander.
Ein Lehrer hatte ihn zum »Schatten fangen«
verurteilt. Die Kinder bildeten einen Ring,
als er sich dauernd in den Sand warf
auf seinen Schatten. Sonnige Tage haben
Gregor stets mit Entsetzen erfüllt.

Hinter dem hohen Fensterstock schneit es. Der Schnee ist taubengrau, bevor er landet. Noch weiß ich nicht, wie lange ich warten, wie viele der gelassenen, empörten oder zähflüssigen Gespräche ich mir anhören werde.

Gregor Tomalin macht gerade seinen dritten Hungerstreik. Er scheint so leicht nicht umzukippen, denn er hat seit sechzehn Tagen nichts gegessen. Ich habe gehört, er sei in guter körperlicher Verfassung. Was ich während des Wartens noch nicht ahne, ist, daß man ihm seit zwei Tagen das Trinkwasser entzieht.

Der hereingetragene Schnee bildet Lachen auf dem Fußboden. Mit der Zeit erstickt das Wasser den Geruch nach Bohnerwachs. Alle drei, vier Minuten blickt ein Justizbeamter in den Warteraum und studiert die Gesichter.
Mein Ältester sitzt im Gefängnis, der zweite befindet sich in U-Haft, den dritten haben sie vorigen Monat gepfeffert. In der zwölften Klasse ist er gewesen. Schluß, aus!
Traurige Erziehung!
Durchaus nicht. Das alles ist die Folge einer sehr ernsten Erziehung.

Dann passen Sie mal hübsch auf, daß es für Sie selber nicht auch bald ernst wird.
Das ist es seit langem. Meine Söhne – jeder ein Politischer.
Und der Vater?
Der ist auf und davon.
Das kann ich mir gut vorstellen.
Sagen Sie mal, Sie besuchen doch selber jemanden im Gefängnis.

Gregor Tomalin liegt auf der Nase.
Er hält sich den Kopf,
damit das Gehirn nicht abhaut.
Tomalin kann nichts mehr riechen.
Vor seinen Augen verschwimmt alles.
Sein Trommelfell schlägt nicht mehr an.
Er kommt aus dem Frieren
nicht mehr raus.
An Lesen oder Schreiben
ist nicht länger zu denken.
Seine Sprechmuskulatur verödet.

Der für Gregor Tomalin zuständige Haftrichter hat Zwangsernährung angeordnet. Das heißt: er hat einer Forderung der Sicherheitspolizei entsprochen. Tomalin wird keinen Besuch empfangen, bevor er nicht seine Nahrung zu sich genommen hat. Organisiert wird das Verfahren vom Anstaltsleiter und vom Gefängnisarzt. Der Arzt betritt die Zelle in Begleitung von sechs Wärtern. Es herrscht Gedränge auf den acht Quadratmetern.

Ich stehe in der Schlange vor der Wäschekammer, um das Paket abzugeben. Es ist mir gelungen, einen Blick in die Kammer zu werfen: ein Tisch, ein Stuhl und Regale. Unsere Reihe schlängelt sich umständlich durch den Warteraum.
Bei den Frauen ist eine Zelle mit einem Säugling belegt.
Wie alt ist denn das Kind?

Soviel ich gehört habe, drei Monate.
Und was soll es ausgefressen haben?
Ganz einfach, es ist hier geboren.
Junge oder Mädchen?
Ein Junge. Und als er acht Wochen alt war, hat seine Mutter Ausgang erhalten für ein Wochenende. Seitdem fehlt jede Spur von ihr.
Und das Kind?
Es schreit Tag und Nacht. Kein Personal, sagen sie.
Der Junge kann doch auf gar keinen Fall hier drin bleiben.
Er soll zur Adoption freigegeben werden. Doch darf ihn niemand adoptieren, bevor die Mutter nicht einverstanden ist.
Dann werden sie den Bengel wohl auf die Männerstation verlegen müssen.

Der Beamte hat langsam die Knoten gelöst und das Tesaband abgerissen. Er trödelt. Zögernd packt er den Karton aus und nuschelt vor sich hin: Drei Paar Socken, fünf Unterhemden, fünf Unterhosen, kurze, zwei Paar Jeans, zwei Pullover, eine Fellweste, ein Halstuch.
Sie scheinen zu denken, hier sei Fasching!
Der Beamte stopft die Kleidung in einen Plastikbeutel und zerlegt den Karton in seine Einzelteile. Nachdem er vorsichtig die Wellpappe befühlt hat, sticht er an allen möglichen Stellen mit einer Nadel hinein und sagt, wir haben triftige Gründe.

Gregor Tomalin wird, auf der Pritsche liegend, von allen Seiten festgehalten. Der Arzt nähert sich ihm mit einem daumendicken Schlauch. Gregor versucht durch Kopfbewegungen, etwas mitzuteilen. Er ist unter diesen Umständen bereit, die übliche Nahrung freiwillig zu sich zu nehmen, aber weder der Arzt noch die Wärter reagieren. Es ist zu spät. Schon wird ihm die Nase zugehalten.

Die Wäschekammer liegt hinter mir. Die Tür ist dick und aus Metall. Sie quietscht. Die Klinke ist eiskalt. Ich bin wieder im Warteraum.
In der Ecke des Warteraums sitzt eingezwängt ein kleiner, rotgesichtiger Mann. Sein Sonntagsanzug, der Schlips und der Kragen sind ihm zu eng. Er versucht, sich Luft zu machen, indem er mit den Ellbogen mal nach rechts, mal nach links stößt. Zwischendurch zieht er mit dem Daumennagel die Maserung der Tischbretter nach; schließlich hält er es nicht mehr aus.
Die Polente ist nichts mehr wert, keinen Heller! Ich bin Hotelier. Na, sagen wir, ich habe eine kleine, sehr gemütliche Familienpension. Sie können mir glauben, daß ich mich in den Menschen auskenne. Und ich habe es immer so gehalten, daß ich die Polizei auf zweifelhafte Gäste aufmerksam mache. Unauffällig, natürlich. Neulich zum Beispiel, diese vier jungen Leute! Stellen ihren Wagen oben auf dem Hügel ab anstatt auf meinem Parkplatz. Ich bin hingegangen, und was sehe ich? Gardinen vor den Fenstern! Drei von ihnen haben bei mir übernachtet, aber was hat der Vierte gemacht? Im Wagen, hinter den Gardinen, frage ich Sie, denn sie haben ja vier Betten bezahlt? Also, ich habe die Polizei angerufen, aber die bequemen sich nicht mehr zu mir. Und ich alter Mann haue mir die Nacht um die Ohren und liege auf der Lauer und liege und liege wach. Was stellen die drei oben in meinem Zimmer an? Was macht der Vierte drüben auf dem Hügel? Die ganze Nacht war Licht in seinem Wagen. Und ich? Pausenlos unterwegs und kein Auge zugemacht. Ist das meine Aufgabe oder die der Polizei?
Ach, dann besuchen Sie heute einen Ihrer Gäste?
I wo, meinen Sohn. Kavaliersdelikt.

Ich bin aufgerufen worden. Ich gehe eine breite Steintreppe hinauf. Oberhalb der Steintreppe sind rechts ein Glaskasten, links eine gläserne Tür. Der Beamte im Glaskasten bildet mit dem Mund das Wort »Ausweis«. Er bildet das Wort »Sprechzettel«. Dann zieht er das Schubfach zu sich herein. Nachdem er die Schriftstücke gründlich studiert hat, nickt er einem Kollegen zu. Lautlos öffnet sich die Glastür, und ich betrete den schmalen Raum zwischen Wand und Kasten, hinter mir und vor mir eine Tür wiederum aus Glas. In der Höhe meines Gürtels befindet sich abermals ein Schubfach. Der Beamte stößt es mir in den Bauch. Ich nehme meinen Sprechzettel entgegen, den Paß behält er vorläufig. Dann öffnet mir ein dritter Beamter die Glastür, die ins Innere führt. Ich werde aufgefordert, die Arme hoch zu heben. Eine Beamtin leert meine Taschen und tastet mich ab: Brust, Bauch, Rücken, Gesäß, unter den Armen und die Arme entlang, zwischen den Beinen und die Beine entlang. Sie läßt mich die Schuhe ausziehen. Ich habe lange zu tun, meine Taschen wieder zu füllen, bevor ich von einem vierten Beamten die Treppe hochgebracht werde.

Der vierte Beamte geleitet mich an einer Tür vorbei, auf der KZ steht. Er sagt, nicht was Sie denken – das heißt Krankenzelle. Im dritten Stock betreten wir ein Büro. Die Bürodame hat schlechte Augen. Ihre Brille besteht aus Ringen wie ein abgesägter Baum. Der Beamte läßt mir einen Passierschein ausstellen und bringt mich wieder runter. Zwischen der inneren und äußeren Glastür wird mir mein Paß ausgehändigt.

Gregor ist in Limanowa aufgewachsen.
Der alte Tomalin ist Kaufmann gewesen.
Er war auf Getreide und Eisenwaren spezialisiert.
Nebenbei hat er erfolgreich Geld verliehen.
Gregor hat nie von einer Mutter gesprochen.
Sein Vater hat in Limanowa den König gespielt.
Gregor ist ein schlechter Schüler gewesen.
Der Alte hat ihn beizeiten in die Lehre geschickt.
Gregors Vater hat Geld gescheffelt.
Seinen Sohn hat er noch vor seinem Tod enterbt.

Die Dämmerung ist hereingebrochen. Der Warteraum hat sich geleert. Längst hat der Wäschebeamte seine Kammer hinter sich abgeschlossen und ist nach Hause gegangen, nicht ohne mich vorher zu ermuntern: Wappnen Sie sich mit Geduld! Der Torwächter schaut herein und fragt, worauf warten Sie eigentlich noch? Hier ist gleich Abendbrotzeit.
Ich sage, ich warte auf einen Beamten, der meinem Besuch beiwohnen soll. So steht es jedenfalls auf dem Sprechzettel. Aber; man scheint mich vergessen zu haben.
Vergessen wird hier niemand.
Ich sitze seit fünf Stunden im Warteraum, Sie können mir doch nicht erzählen, daß das normal ist.
Wenn Ihrem Besuch nur im Beisein eines Beamten stattgegeben werden soll, handelt es sich eben um keinen normalen Häftling. Da brauchen Sie sich nicht zu wundern.
Denken Sie, ich will hier übernachten?
Dann gehen Sie doch nach Hause, sagt der Torwächter.

Gregor Tomalin wird mit Nährlösung vollgepumpt. Der Schlauch verletzt die Speiseröhre. Tomalin erbricht Blut. Der Arzt zieht den Schlauch zurück. Tomalin hört nicht auf zu brechen. Er droht zu ersticken. Seine heftigen Reaktionen werden als Widerstand gewertet. Tomalin erhält drei intravenöse Injektionen, die ihn in eine achtstündige Bewußtlosigkeit stürzen. Der Arzt verläßt die Zelle mit einem Stoßseufzer. Die Wärter sind beruhigt.

Zu mir tritt ein Beamter in Zivil. Er ist jung und salopp. Dennoch erinnern der hochgeschobene Mantelkragen und seine Art, den Kopf vorzustoßen, wenn er mich ausfragt, an eine Riesenschildkröte.
Sie haben eine Sprecherlaubnis für Gregor Tomalin?
Ja, und ich warte schon den ganzen Nachmittag darauf, daß ich ihn sprechen kann.
Hoppla, nicht so voreilig! Warum wollen Sie Ihn besuchen?
Irgend jemand muß sich um ihn kümmern.

Bevor ich es vergesse, sagen Sie mir nochmal seine letzte Adresse!
Tut mir leid.
Nicht die im Ausland, ich meine hier, wo hat er hier zuletzt gewohnt?
Da bin ich überfragt, sage ich.
Ich muß Sie enttäuschen, sagt der Beamte, Herr Tomalin ist bettlägerig und nicht in der Lage, das Besuchszimmer zu erreichen.
Mir wurde gesagt, ich könne Tomalin jeder Zeit zwischen dreizehn und achtzehn Uhr sprechen.
Wie lange kennen Sie ihn schon?
Ich habe ihn noch nie gesehen.
Warum besuchen Sie ihn dann?
Weil ich eine Sprecherlaubnis habe.
Sprecherlaubnis?
Der Beamte dreht sich um. Sein Gesicht wirkt beleidigt. Er geht auf den Flur hinaus, und ich sitze betroffen und allein in dem rauchigen, kalten Wartezimmer. Ich möchte nicht unverrichteter Dinge heimkehren und frage den Beamten auf dem Flur nach der Art der Krankheit, von der Tomalin so plötzlich befallen sein soll. Der Beamte antwortet nicht.

Die Sicherheitszentrale hat folgendermaßen entschieden: Besuch, sogar die Rechtsberatung durch die Anwälte des Gefangenen, sind nur bei aufrechter Haltung aller Beteiligten zulässig. Demnach darf Tomalin im Krankheitsfalle nicht einmal seinen Verteidiger empfangen.

Ich stehe auf der Straße. Es ist dunkel und matschig. Rechts von mir ein Anstaltsgebäude neben dem anderen, links von mir eine Industrieanlage. Die Straße ist ausgestorben. Hinter mir das Eingangstor ist in seine verschiedenen, dreimal gesicherten Schlösser gefallen.
Mich friert, und ich eile schlechtgelaunt zum Hauptbahnhof. Vorne, neben der Wechselstube, treffe ich auf denselben

Mann, der mir am Morgen in der U-Bahnunterführung aufgefallen war.

Haste nich was für mich? Brauch nen Flachmann!

Selbstverständlich. Wenn Sie mir einen Hundertmarkschein wechseln können ...

Ach, verrecke doch, du Bandwurm!

Der Mann geht weiter. Der Penner spuckt hinter ihm her. Der Mann scheint sich den ganzen Tag mit den Vagabunden vertrieben zu haben. Seine Schuhe glänzen, während er gemächlich durch die Hallen geht.

1973

Vision vom Ende eines Picadors

Grundriß

Im Ribatejo, ungefähr sechzig Kilometer nordöstlich Lissabons, liegt ein altes Landgut. Torrebela – Schöner Turm.
Das Gut ist von einer Mauer umgeben, zwanzig Kilometer lang. Sie umringt ein Gebiet von zweitausend Hektar, vornehmlich Wald: Eukalyptus, Pinien, Eukalyptus, Korkeichen, Eukalyptus, Eukalyptus und noch mal Eukalyptus. Ein drei Kilometer langer Weg führt vom Haupttor zum Gutshaus.
Torrebela – Schöner Turm. Der Turm ist verfallen, aber neben den grauen, zerfressenen Ruinen steht ein Gutshof, fast ein Jagdschloß. Weiß gekalkt, bestirnt mit Kletterrosen, birgt das zweistöckige Haus über zwanzig Zimmer, Gemächer, Salons und Säle. Lange Flure führen in drei Seitenflügel, in eine ausgedehnte Küche, in den Speisesaal, in dem an drei Tischreihen mehr als hundert Leute essen können. Rechts neben dem Portal ist ein Raum als Kapelle, als Andachtszimmer eingerichtet. Niemand hat es gestürmt und ausgeräumt, und niemand benutzt es.
In der Nähe des Gutshauses befinden sich außerdem Scheunen, Ställe, eine Weinkellerei, viele Tennen, wo jetzt der Mais trocknet; und etwas abgelegen eine private Stierkampfarena, die sich einer der Fürsten, ein berühmter Picador, bauen ließ.
Das nächste Dorf ist sieben Kilometer entfernt.

Brachland

Der Herzog von Lafões hat seine Äcker verwildern lassen. Jetzt wehren sie sich mit Disteln, Fallgruben, Kletten und Dornen. Bis zu den Ellbogen gespickt und zerstochen, reißen wir die alten Äste aus dem Unterholz. Wir zerren und schleppen das Gestrüpp zusammen und schichten es zu wirren, meterhohen Haufen. Wie lange ist es her, daß die Oliven beschnitten wurden? Inzwischen sind die Äste in die Erde zurückgewachsen.

Einer steckt einen Finger in den Mund und hält ihn in den Wind. Ein anderer schiebt dem luftigen Holzstoß eine Handvoll Stroh unter und zündet es an. Zuerst knackt es wie frische Brötchen, dann wie ein Apfelbiß. Nach einem zaghaften Knirschen will das Feuer wieder ausgehen. Ein Dritter näßt das Strauchwerk mit einem dünnen Strahl aus dem Benzinkanister. Es knallt, und eine Stichflamme sprengt hervor. In dem nachfolgenden Geprassel versteht keiner mehr sein eigenes Wort.

Ein Dutzend Köter wartet gespannt auf die Hasen, die atemlos davonjagen. Der Qualm verschluckt den Giebel der Flammen und wälzt sich in einen Olivenbaum. Schon hat der Baum sich die grünen Haare versengt. Zwischen je einer Reihe Oliven wird wieder ein Maisfeld sein oder Weizen stehen.

Jeder, der neu aufs Brachland kommt, bestimmt neue Feuerstellen und macht Änderungsvorschläge über die Höhe der Haufen.

Neun Stunden täglich Gestrüpp heranschleifen. Neun Stunden täglich in Disteln herumwühlen. Täglich in zwanzig und mehr Feuern stochern, damit die Bäume nicht in die Luft gehen.

Wir stellen Fahnen auf aus Rauch und Staub.

Losungen, die in Rauch aufgehen

Wir schleifen tote Äste zum Feuer. Die Zeit vergeht langsam, sie bleibt stehen. »Pele« beglückt uns jeden Morgen mit einer Losung. Es ist stets dieselbe Losung, die er auf Deutsch und auswendig gelernt hat.

Por-tu-gal darf nicht das Chi-le Eu-ro-pas werden!

Eines Tages hat sein Eifer uns angesteckt, und wir bringen ihm stündlich neue Losungen bei. Nachdem wir sie haarklein auf französisch, spanisch, portugiesisch usw. erklärt haben, wiederholt er auf deutsch – holpernd, stockend und gurgelnd – die kompliziertesten Vorschläge.

Lissabon soll nicht das Washington der Südostflanke werden!

Portugal soll nicht das China Westeuropas werden!

Lissabon soll nicht das Moskau Südeuropas werden!

Portugal soll nicht das Vietnam der Iberischen Halbinsel werden!

Hinter jedem Reisighaufen schwirren neue Losungen hervor, und die Zeit verfliegt wie der Rauch.

Cuñhal soll nicht der Stalin der Vereinigten Iberischen Republik werden!

Soares soll nicht der Nixon Portugals werden!

Spinola soll nicht der Franco des Lusitanischen Volkes werden!

Wir bilden mehrere kleine Sprechchöre und rufen uns quer übers Brachland Losungen zu.

Portugal soll nicht das Taiwan des Ostatlantischen Ozeans werden!

Vollkommen heiser kehren wir zurück und überlassen alle unsere vergänglichen Losungen dem Rauch.

Oliven pflücken

Der Ölbaum ist wahrlich kein prunkvoller Baum, so mit Schorf bedeckt, so verkrüppelt.
Die Früchte sind matt, tiefdunkelblau. Sie sind nicht viel größer als ihr Kern und in rohem Zustand fast ungenießbar. Einige sind noch grün, gefleckt, unreif. Andere sind verschrumpelt und trocken wie Rosinen.
Seit vorgestern brechen die Olivenbäume unter den Pflükkern zusammen. Fünf, sechs Leute hocken in einer Krone, deren Durchmesser nicht mehr als dreieinhalb Meter beträgt. Die Erde unter dem Baum ist dicht mit Sackleinwand, Planen und Netzen bedeckt.
Ich sitze auf einem Ast und kämme die Blätter mit den Fingern durch. Ich streife junge Ruten ab. Ich schüttle, schlage, breche kleine Büschel ab und lasse mit schlechtem Gewissen auch Beeren dran.
Andere Arbeiter stehen unterhalb des Baumes und schlagen mit langen Stangen die Oliven von den äußeren Ästen ab. Sie wedeln mit den Stangenspitzen. Sie hauen, stoßen, rütteln und fuchteln in der Krone herum. Es ist schwer, die vibrierende Stange längere Zeit steil in die Höhe zu halten.
Die vom einsetzenden Regen berieselten Früchte blinken wie Pferdeaugen.
Nie habe ich so gründlich einen Olivenbaum betrachtet wie in Torrebela. Dabei sieht man ihm tatsächlich nichts als das biblische Alter an – so anspruchslos, so eigenwillig verwachsen.

Die Ölpresse

Die Presse riecht nach Olivenöl und Schmiere. Ranzige Schmiere. Meine Hände rutschen ab. Die Presse läßt sich nicht anfassen, ist glitschig. Der Fußboden ist wie ein trockenge-

legter Sumpf nach dem ersten Regen. Ich gehe dem alten Fett mit einem Spachtel zu Leibe und stoße auf eine gute, glatte, nützliche Maschine, die zwölf Jahre lang geschlafen hat.
Im Jahr 1954 wurden in Torrebela noch dreiunddreißigtausend Liter Olivenöl gepreßt, im Jahr 1973 waren es nur noch eintausendundfünfhundert Liter.
Diesen Herbst fließt wieder grünes Öl.

Tagträume

Die Landarbeiter von Torrebela gehen oft verschwenderisch mit ihrer Arbeitszeit um.
Ihre Wünsche, so lange in Gefangenschaft, sind aufgeschreckt von einer generellen Amnestie. Nichts ist ihnen versagt und nichts vertan. Sie weisen ihre vollen Hände vor: Oliven, Oliven, Oliven – schwarze, glanzlose Tränen eines Riesen. Und schon träumen sie wieder. Sie stehen herum, sie schlagen Zeit tot, sie stürzen sich jäh in die Arbeit und stehen gleich wieder träumend herum.
Sie haben so oft ihre Hoffnungen halbiert, jetzt träumen sie drauflos, selbst wenn von den colorierten Bildern wieder bloß die Hoffnungen überdauern.

Portugiesisches Weiß

So viel Weiß.
Neu oder grau, luftig oder wie getauter Schnee, faltenloses oder gekräuseltes Weiß. Ohnmächtiges, herrschsüchtiges, Weiß. Umgeben von so viel Weiß, stürzen wir uns in den Sonnabend.
Samstags wird die Wäsche geprügelt. Sie wird eingeseift und gewalkt, sie wird durch kaltes Wasser gezogen; jeder ein-

zelne Fleck wird mit den Händen herausgeschabt. Unter dem Schaum aus blau und gelb marmorierter Seife sprudeln Lebensläufe hervor. Landarbeiter-Lebensläufe. Gastarbeiter-Lebensläufe.

So viel Weiß, denn auch die Bassins sind frisch gekalkt. Draußen, achthundert Meter vom Gutshaus entfernt, liegt oberhalb eines Baches eine flach ummauerte Quelle. Das Wasser fließt in ein großes Bassin und von dort in ein kleineres, das eigentliche Waschbecken. Das kleine Becken mit den Waschbrettern aus Zement ist nicht größer als eine Mädchenkammer, das Bassin zum Spülen dagegen ähnelt einem altmodischen Swimmingpool.

Und dies sind die Feldzeichen unserer Sonnabende: Handtücher, Küchenhandtücher, Spitzendecken, umhäkelte Taschentücher, Bett-Tücher, durchbrochene Kopfkissenbezüge und vielerlei Hemden. Ein Meer weißer Fahnen, und keine Spur von Kapitulation.

So viel Weiß, aber wo kommt es her?

Wo entspringt das samstägliche, schneeige, das portugiesische Weiß, das sich auf allen Höfen und Balkonen entfaltet? Es entsteht weder in dem kalten, weichen Wasser noch zwischen den wundgeriebenen Fingern. Es stammt hauptsächlich aus den Schüsseln und Wannen voll gelbem Chlor.

So viel Weiß.

Schaumige Kronen schwimmen auf dem Bach, in den die Lauge aus den Bassins fließt. Wir wringen und drehen armdicke Seile aus den gespülten Teilen. Wir hängen die Wäsche auf Drähte und sind fertig, – geblendet von so viel portugiesischem Weiß.

Trotzdem müßte eine Waschmaschine her!

Reminiszenzen

Ich reiße die stabilen Fensterläden auf, die jeden Abend sorgfältig verriegelt werden. Sechs Uhr und dunkel. Die Sachen sind klamm von der nächtlichen Feuchtigkeit. Ich tappe in die Küche, um Kaffeewasser aufzustellen. Wohltuende Leere. Die Absätze meiner Holzschuhe klappern auf den Fliesen.

Ich habe viele solcher Häuser gekannt, denn ich bin in einem Land aufgewachsen, wo wir Villen, Gutshöfe und Schlösser schon vor dreißig Jahren enteignet haben.

Die Fenster unseres Badezimmers gehen nach Osten. Bewaldeter Horizont, wellige Ebene, gelbe Gräser, die das erste Licht einfangen. Das Ohr vernimmt ein leises Bimmeln – Ziegenglocken. Keinen Steinwurf entfernt sitzt ein Paar krächzender Raubvögel.

Ich habe viele solcher Häuser gekannt. Oberschulinternat, politische Lehrgänge, Parteischulen, Studentenwohnheim – sie alle waren in Villen, Gutshöfen, Schlössern untergebracht.

Um halb neun kommen in der Küche zwei Papiersäcke voll heißer Brötchen an. Große Brötchen, in denen die Butter schmilzt und der tiefgefrorene Schinken auftaut, den Céléstina stöhnend mit der Brotmaschine in Scheiben schneidet.

Ich habe viele solcher Häuser gekannt, doch in keinem habe ich wie hier ohne Normen, ohne Dressur, ohne Zeremonien, ohne eingefleischte Hierarchie arbeiten dürfen.

Ich schreibe in der Frühe, bevor es losgeht. Um Horst nicht zu wecken, schreibe ich mit der Hand. Die Morgensonne wirft ein leichtes Rot auf die gekalkten Mauern.

Ich habe viele solcher Häuser gekannt, doch in keinem habe ich wie hier, wenn auch kurzfristig, innegehalten und meinen Frieden gemacht.

Gespenster

In der Küche wird gefabelt, Don Diego habe sich letzte Nacht wieder in der Gegend herumgetrieben. Die eine berichtet vom stechenden Blick, die andere von Tränen.
Verrückt – der Mann, der nie allein, gar zu Fuß, seine Wälder durchstreifte, sollte nun im flatternden Mantel sein verlorenes Gut umkreisen? Sollte durch Unterholz krauchen und weinend sich die Stirn an den Bäumen aufschlagen?
Wie tief die alte Angst sitzt, da der Herzog den Schlaf an die Kandare nimmt und die Träume aufbeißt.
Fest steht, daß er in Frankreich lebt, wo es ihm verdammt gut geht, jetzt, während der Ballsaison.

Vision vom Ende eines Picadors

Das ist er, der berühmte Picador, Nachfahre der Braganças, der sich seine eigene Arena bauen und Pferde und Stiere züchten ließ. Haufenweise Preispokale aus Silber, aus Gold. In der Arena blühen die Disteln, und es ist wahr, die hölzernen Tore hängen trocken in ihren Angeln. Gewöhnlich ist die Arena verödet, heute nicht, da der Picador gefangensitzt in dem Stall neben der Arena.
Das ganze Rondell ist mit Spruchbändern geschmückt, und die Landarbeiter sitzen mit ihren Familien rundum auf der Mauer und lassen die Beine baumeln.
Dann schießt er herein, der berühmte Picador, im bestickten Kostüm und furchtbar erschrocken. Er dreht sich um die eigene Achse. Er rennt ans Tor und zurück. Alle Ausgänge sind besetzt mit seinen eigenen Stieren. Ach, wo ist der Triumph in seinen verwöhnten Augen geblieben? Er blickt sich um und sucht die Gesichter des Publikums ab. Wie gern böte er ein Königreich für ein Pferd, doch er hat beides verloren. Und was ist ein Picador zu Fuß?

Während die Pokale von Hand zu Hand gehen und auf die Mauer schwappen, verdoppelt er seine Tränen. Ihm ist jede Losung eine Capa, eine Muleta jedes Transparent.

> Die überzüchteten Pferde ins Joch!
> Die scharfen, blitzenden Lanzen zu den rostigen,
> die gebündelt im Keller stehen!
> Kraftfutter her für die Stiere!
> Die Banderillas dem, der so geübt ist, mit ihnen
> zu zielen!

Ja, hier wird gereizt mit roten Fahnen. Gleichmütig treiben die Bauern den Picador in blinde Wut. Er rast und klappt zusammen und stürzt und verharrt. Die Stiere werden abgezogen. Die Tore sind offen. Trotzdem steht er nicht mehr auf.

Der den Bauern die Bissen in den Mund zählte, hat sich die Zähne ausgebissen. Er sitzt in den blühenden Disteln und wartet vergeblich auf einen Matador.

Die Leute sind müde und lassen ihn allein. Bloß die Vögel stoßen tiefer und kreisen und stoßen tiefer.

Welch reine Hölle tobt hier in der Arena, bevor sie gejätet wird und geharkt, bevor die Zimmerleute johlend mit dem Bau der Freilichtbühne beginnen. Welch reine Hölle, bevor selbst Goya sich die Corrida aus dem Herzen reißt und mit Feuereifer Theaterplakate malt.

1975

Quellennachweis

Aus »Geselliges Beisammensein«, Prosa, Neuwied und Berlin 1968: S. 7–44, 49–52, 57–63, 104–116.
Aus »Aufenthalt in einem irren Haus«, Erzählungen, Neuwied und Berlin 1971: S. 64–91, 128–139.
Aus »Wohnhaft im Westend«, Dokumente, Berichte, Konversation, Neuwied und Berlin 1970: S. 117–128, 140–152.
Aus »Die Landnahme von Torre Bela«, Prosa, Rotbuch Verlag Berlin 1976: S. 163–171.
Aus »Dimension«, Contemporary German Arts and Letters, Volume II, NO. 1, 1969 (The University of Texas at Austin): S. 44 f., 55 f.

Erstdrucke:
In der Luft hängen (S. 45), Kleopatra (S. 52), Monolog eines Buchhändlers (S. 91), Sprechzeit (S. 152).

Literatur ohne kurzfristige Saison
Sammlung Luchterhand

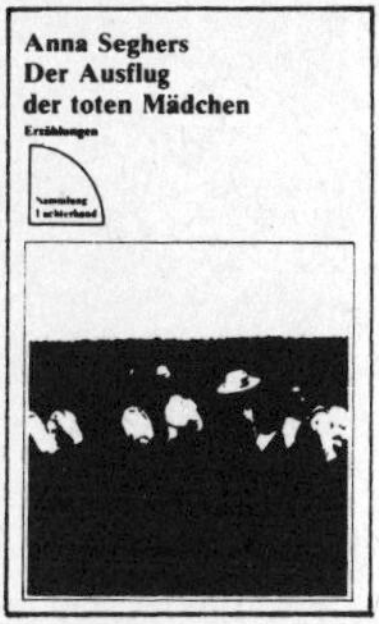

Anna Seghers:
Der Ausflug der toten Mädchen
Band 288. DM 7,80
Anna Seghers' schönste Erzählung. „Der Ausflug der toten Mädchen" ist 1943/44 im mexikanischen Exil entstanden: traumhaft und unzerstört erscheint die Welt vor 1914, der Rhein, die Obstblüte, ein Schulausflug.

Gerti Tetzner: Karen W.
Roman. Band 212. DM 12,80
Gerti Tetzners „Karen W." stellt sich zwei anderen Frauenfiguren der DDR-Literatur zur Seite: der „Christa T." in Christa Wolfs berühmten Roman und Brigitte Reimanns „Franziska Linkerhand".

Andrea Westphal / Jochen Ziem: Frauen lernen leben
Berichte aus der Gruppenpsychotherapie. Band 238. DM 8,80
Die Autoren, die seit Jahren in einer therapeutischen Gruppe mitarbeiten, gehen der Frage nach, wie wirksam die Analyse einer großen Gruppe sein kann.

Christa Wolf: Nachdenken über Christa T.
Band 31. DM 8,80
„Eines der wichtigsten Bücher aus der DDR seit langem."